선천적 갈증

김주완 시집

문학세계사

□시인의 말

아침 산책길에 달맞이꽃이 핀다.

아무도 보아주지 않아도 달맞이꽃은 핀다.
강 언덕에 태풍이 몰려와 허리를 부러뜨리면
누워서도 고개 들고 핀다.
비 오는 날은 몸을 움츠리지만
이내 노란 웃음을 되찾는다.
기다림의 자태에는 허공이 묻어 있다.
기다림도 익으면 하늘처럼 넓어지나 보다.

이 시집에는
계절을 초월하며 피는 달맞이꽃들이 모여 있다.
세상에 하나뿐인 귀하고 환한 달이 중천에 떠 있다.

강이 흐른다.

2023년 10월
김주완

□차례

I

Ⅱ

Ⅲ

IV

I

역易

경연에서 선조*가 물었다.

"《주역》의 정전程傳과 본의本義 가운데 무엇을 먼저 익혀야 하느냐?"

한강이 대답하였다.

"역易의 도道는 오직 소장消長의 이치를 밝혀 시의적절한 조처를 잃지 않는 것이니, 한갓 점占을 쳐서 미래의 일을 예견하는 것은 역易의 말단입니다. 그러니 정전을 먼저 익혀야 할 것입니다."**

* 선조: 조선 제14대 국왕
** 한강寒江 정구鄭逑(1543~1620)의 묘지명(허목 찬) 부분

주註

"방법은 앞서 가고 방법론은 뒤따라간다."—니콜라이 하르트만

한강은 『주역周易』의 두 부분, 점서占書(본의)와 철학서哲學書(정전) 중에서 철학서 부분을 먼저 읽어서 존재와 당위의 원리를 터득하라고 한다. '쇠하여 사라짐과

성하여 자라남消長'의 이치를 먼저 알고 적절한 조처를 찾는 단계에서 점서를 읽어야 한다는 것이다. 그랬을 때 점서에 현혹되거나 괘상을 맹종하거나 맹신하는 폐단을 벗어날 수 있다고 한다, 괘상은 보조 자료 정도로 삼아서 읽는 이가 참고로만 하고, 역과 그에 대한 대처는 보다 높은 단계에서 찾아야 적절한 조처를 할 수 있다는 것이다. 그는 철학자였다.

눈 밝은 자는 밝게 보면서 가고 미욱한 자는 맹목으로 헤매는데

유혹은 바람처럼 사방팔방의 나무란 나무를 모두 흔드나니

내일 부러질 가지를 미리 알고 싶은 것이 사람의 마음인 것을

미래의 얼굴을 환한 거울처럼 보고 싶지 않은 이가 어디 있으랴

널리 바뀌는 것을 주역周易이라 하나니

변화의 원리는
안에 있어 밖에도 있는 것인데
자연의 섭리 안에 무언가 밀고 들어가서
내일은 내일 나타나지만
기실은
내일이 아니라 오늘 미리 만드는 것
누가 만들어주는 것이 아니라
각자가 저마다 제각각 만드는 것
그러나 아무도 모르는 것

사람들은 깜깜한 갱도에서
보이지 않는 방도의 실마리를 찾아
더 깊은 어둠 아래로 채굴해 들어가지

역易에는 천지의 도道가 드러나느니
도道는 음陰이 되었다가 양陽이 되었다가 하는 것이니
한번 하늘이 되었다가 한번 땅이 되었다가 하면서 만
물이 태어나는데
해와 달이 돌고 돌면서 몸 섞이는 법칙을 도道라 하고

낳고 낳는 것을 역易이라 하니
역易은 곧 도道이니라

길이 먼저 태어나고 길 위에서 만물이 나타나느니
흐르고 바뀌는 것이 길이다
뒤의 물이 앞의 물로 바뀌는 것이 흐름이라
바뀌는 것은 이전의 지금이 다음의 지금이 되는 것이다
길은 굽이굽이 길게 구부러지면서
바뀌어 흐르기에 길이다
새 길도 옛길도 모두 길 위에서의 길이다

날마다 새 얼굴이 되면 살아있는 얼굴이어서
조처는
흐름의 방향을 새로 다잡는 일이니라

불학시 무이언不學詩 無以言*
—시, 말, 시인

따라 하는 것으로 시작했다 남의 말을 따라 하고 남의 길을 따라 걷고 남의 달음박질을 따라 달음박질하면서 세상으로 들어갔다 나는 그의 복제판, 표절은 그럴 듯했지만 어디에도 나는 없었다

똑같은 말, 똑같은 얼굴, 똑같은 생각을 하면서 모두는 여럿이 아닌 하나가 되어 갔다 어제는 내일, 주고받는 것은 네 것도 내 것도 아니었다 돌고 도는 돈처럼 유통이 오래 되면 될수록 너덜너덜 닳아 있었다

마당을 가로질러 갈 때 아버지는 내게 시를 배우라고 했다 말을 얻으라고, 남의 말이 아닌 나의 말을 찾으라고 했다 자기만의 말다운 말을 할 때 자기만의 세상이 열린다고, 처음 이름 지어 부르는 것이 시라고 했다

내 뜻대로 이름 지어 부르면 사물들은 성큼성큼 이름 안으로 걸어 들어와 새것이 되었다 사람들의 말을 쓰되 사람들과는 다른 의미로 쓰기 시작하자 새로운 세상이 열렸다 넓은 세상 한가운데 말답게 말할 것이 있는 나

는 내가 되고 반신半神**이 되었다

 —시인은 말을 기다리지 않는다 그가 곧 말이기 때문
이다 시인은 자존을 내세우지 않는다 스스로 자존이기
때문이다 참시인은 자유와 해방을 갈구하지 않는다 그
와 그의 말이 곧 자유이고 해방이기 때문이다

* 시를 배우지 않으면 (말답게) 말할 것이 없다. —『논어』,〈계씨편〉
** "말로서 새롭고 완전한 세계를 건설해 내는 시인들의 언어는 예
언하는 언어이며, 그런 의미에서 시인들은 신들과 인간들 사이의
그 중간에 내던져져 있는 반신半神이다." —M. 하이데거

위지악 이선기인울爲之樂 以宣其湮鬱*
―음악

노년이 되면서 맑고 높은 음에서 눈물이 난다

청력을 잃은 음악가는 눈물의 높이에 음자리를 그렸을까

동굴 벽을 뚫고 나와 떨어지는 물방울 소리는 어두운 바닥에 부딪혀 온몸이 부서질 때 비로소 가늘고 맑은 소리가 된다 술대를 튕기면 떨어지는 소리 한 방울 튀어서 귀먹은 가슴에 들어서듯이

안에서 밖으로 베풀면 안은 비워지고 넓어져서 편안해진다 집 안에 빈 하늘이 있고 빈 땅이 있어 그 사이로 해가 들어온다 따뜻하고 곧고 하얀 햇살들이 빈 구석구석을 밝히고 덥힌다 오, 베풂과 들어섬의 성스러움이여

높고 구성진 소리는 귓속의 어둠을 밝히며 가슴의 동공을 후려친다 터져 나온 강물이 굽이치는 설움의 물결

최고의 말은 무언이다 의미가 빠져나간 소리, 어둠을

밀어내는 소리, 막힌 벽을 뚫는 소리는 변질되지 않은 한을 품고 있다 오롯한 최상의 말은 수사가 없이 흐르는 음형상, 자유로이 유동하는 음악, 맨 처음의 순한 소리의 즐거움이다

　빈 소리는 노래가 되어 바람을 타고 날아간다 의미는 없고 소리만 있는 처음의 노래는 우우우 갑갑하고 답답한 마음을 뚫어 통로를 낸다

　가장 가늘고 가장 맑고 가장 높은 그는
　처음부터 부드러운 눈물이었고 서늘한 바람이었다

　* 음악은 갑갑하고 답답한 가슴을 뚫어 준다. ─한유, 『원도原道』

적수세滴水勢*

기어오르는 꿈을 꾸었다, 미끄러지면서
SCX-1855FW에서 이력서를 출력했다, 다음날 제출할
너덜너덜해진 A4지의 구제품

다가오지 마라, 나는 떨어뜨릴 것이고 너는 미끄러질
것이다
긴 창을 비껴들고 흔드는 전광판의 점들, 푸른 들판
의 보푸라기

녹색의 사마귀가 앞발을 치켜들고 곧추선다
허리가 위태롭다, 서리 같은 결기는 언제 안락한 적
이 있었던가

몸을 바람처럼 흔들어 진입을 막고 금지라고 말한다
100m 이내 접근금지, 전기통신 이용 접근금지

외로움이 초기화 되는 순간에 서로를 못 들일 반감도
없으면서

미끄러지면서 기어오르기를 강요하는 경사면의 요
구는 집요했다

　미끄러짐의 부끄러움을 알게 된
　넘치든지 부족하든지 관점은 나이처럼 평균을 벗어
나 있다

　다가오지 마라
　눕혀든 창은 들리고 마침내 간구는 파열될 것이다

　경사가 있어서 세상의 주소는 생기고
　이쪽과 저쪽을 붙드는 응력凝力이 미끄럼판을 세운다
　불평등의 DNA를 가진

* 긴 창을 쓰는 자세의 한 가지로서 물방울을 떨어뜨리는 듯이 45
도 각도로 눕혀 드는 자세를 이른다.

적수간滴水間*

1.
떨어지는 물방울과 물방울 사이에 당신이 있다, 비와 비, 눈물과 눈물 사이에

2.
가장 아름다운 모습이라 했다, 허공을 뚫는 관철이라 했다, 먼 타관에서 돌아오는 순정을 머리로 모으며 꼬리를 수습하는 우리는 무료하지 않고 반짝이는 전신을 투과하는 하늘은 투명하다, 우주에서 날아왔으므로 우주를 닮은 물방울 무늬, 꼬리가 있어 아름다운 허공의 궤적이여, 목젖을 흔드는 웃음소리여

3.
소가 끄는 수레가 지나갔다, 새벽과 밤이 지나갔다, 사람이 오고 사람이 가고 긴 전쟁과 짧은 평화, 혁명의 함성이 때마다 지나갔다, 적수간에

4.
칼은 뽑히면서 길을 낸다

똑과 똑의 사이, 물방울과 물방울의 사이
일순에
뒷길을 끌고 앞길로 나가는 풀잎처럼 부드러운 지향
을 선천적 갈증이라 한다
피를 부르는 마중이라 한다
지척이며 천리인 간극에서
끌려가는 것은 절망의 어둠이며 다가오는 것은 눈부
신 섬광이다
문틈으로 성큼 들어서는 바람처럼 흐르는 칼이 그리는
빛의 활강
허공을 두 동강 내며 가는 아득한 길

5.
떨어지지 못하게 누가 붙든 것이 고드름, 처마 끝의
고드름이다, 마음을 닫았기에 종말이 다가올수록 키가
아래로 자라는 싸늘하고 무심한 은빛 창, 죽어서 자라
는 원한처럼 얼어붙어 사이가 실종된 관계는 단절, 아
무리 길어도 결국은 부러지는 단절이다

6.
하나여서 여럿인 물방울과 물방울, 떨어지는 사이
방울방울 오늘이 있다
잠시 지나는 눈물 같은 생명이 있다

* 떨어지는 물방울의 사이

충내형외지위미 充內形外之謂美*

—아름다움

차곡차곡 쌓이더니 천장까지 닿았습니다 그리운 눈물일까요 곱디고운 분노일까요 벽이란 벽은 모두 은밀한 속이 되었습니다 가득 차서 부풀면 밖으로 터져 나옵니다 혼비백산 노래도 꽃도 모두 찬란한 해방입니다 막히고 답답한 것이 터져 나오는 폭발입니다 붉은 소리로 얼굴을 부수고 나오는 큰 웃음을 보셨나요 들판 가운데 홀로 똑바로 선 늙은 회나무의 늦은 춤타를 만나셨나요

* 속이 충만하여 밖으로 드러나는 것을 아름다움이라고 한다. —장재, 『정몽』, 〈중정〉

공심병空心病*

달리다 보니 꽃밭이 사라졌다
빈 자리가 허공이다
물 준 기억이 없으니 목마른 꽃들은 탈출했을 것이다
오늘 나는 울타리를 넘어와 승리했으나 패배했다
꿈꾸던 꽃들이 사라진 날은 우울하다
힘들게 와보니 그 많던 의미가 사라져 버렸다
마음을 비우라 해서 먼지까지 쓸어냈는데, 막상 시원
할 마음이 없다
느끼지 못하는 온도는 온도가 아니다
다잡지 못하는 사랑은 사랑이 아니다
사람들은 손뼉을 쳤지만 나는 외롭고 허전했다
사람들과의 만남은 답답하고 우울하고 피로했다
문득 돌아보니
매순간 다른 사람을 위해 몸 바치고 있었다
남의 논리에 따라가고 있었다
왜 공부해야 하는가, 왜 살아야 하는가, 왜 먹어야 하
는가, 왜 입어야 하는가
적멸을 자주 떠올렸다
마음이 아니라 몸을, 이름을, 존재를

자살할 생각은 없었지만 자살을 자주 떠올렸다
버리라고 해서 버렸지만 그뿐이었다
누구는 버리기 위해 취하고
누구는 취하기 위해 버리는데
나는 버려도 버린 것이 아니고 취해도 취한 것이 아
니었다
몇 그루 나무는 남겨뒀어야 했다
무작정 울타리를 넘는 것이 아니었다
이미 집 나간 소를 다시 찾아 나서야 하는가

* 중국 베이징대학 심리학과 교수이자 정신과 주치의인 쉬카이원徐
凱文 교수가 2016년 11월에 열린 한 교육포럼에서 처음 제기한 신조
어. 명문대에 진학한 모범적인 대학생이 삶의 의미를 잃어버리는
증상을 말한다.

조용한 의자

지난 계절은 회색이었고 마음은 안개처럼 갇혀 있었다

모든 풍경은 거울 속에 있었고 거울은 언제나 겨울이었다

의자는 완고하였고 아버지는 우울하였다 비밀스러운 유전은 조용하였고 용서는 사람이 사람에게 건네주는 것이 아니었다

병은 죽음에 이르지 않는다* 의자는 절망에 이르지 않는다

절망은 대지진처럼 다가오고 절망의 절망은 홀로 선 나무 같은 내게로 되돌아온다 내가 내게로 보내는 조용한 절망만이 운명의 덧칠로 남는다

아직 모든 것은 지나가 버리지 않았다

저기 한 개인이 죽지 못해 아프다 절망은 영원으로

가는 문일 뿐 한 개인은 죽어도 절망은 살아서 남는다
영혼은 죽을 수도 없어서 다른 개별자에게로 옮겨 붙는
어둡고 숨겨진 육체의 가시

　말씀이 믿음이고 믿음은 관계이니

　33세의 그분은 안식일 전날에 책형을 당하고 안식일
다음 날에 부활하셨다 아버지도 나도 이미 그 나이 너
머를 걸고 있었다

　고통과 불안의 먼 밤을 건너 와

　속죄의 저편에서 절망으로 앉아 있는 의자는 빛 속
에 여전히 조용한 의자로 육중하다 절망은 죽음에 이르
지만 절망은 죽음에 이르지 않고 용서와 구원의 빛깔은
정적이고 침묵이니

　*키에르케고르, 『죽음에 이르는 병』, 서문 첫 문장(요한복음 11장 4절)

스킬

포정*이 소를 잡는다. 소를 보는 것이 아니라 길을 본다. 칼질을 하는 것이 아니라 빈 길을 본다. 가죽과 살 사이, 살과 뼈 사이, 벌어진 틈 사이의 널따랗게 빈 곳에 칼을 집어넣고 허공의 길을 쓰다듬듯 지나간다. 포정이 지나가는 길道에서는 음악 소리가 난다. 근육과 뼈가 엉긴 곳에 이르면 눈길을 모아 물 흐르듯이 물방울 튀듯이 가볍게 건너간다. 털썩, 뼈를 떠난 살이 땅으로 돌아가는 소리가 경쾌하다. 소를 잡는 일은 소의 몸을 푸는 일, 처음과 이어진 뼈마디에는 틈새가 있고 포정의 칼날에는 두께가 없다. 19년을 쓰고도 무디지 않은 칼의 날. 칼질이 아닌 길질의 벼림.

하이아**는 겨울 전쟁에서 후드가 달린 하얀 위장복을 입었다. 반사광을 차단하기 위해 스코프를 떼어내고 눈밭에 엎드린다. 총신의 가늠구멍에 가만히 가늠쇠를 들인다. 표적이 자꾸 커져서 마침내 중앙에 큰 구멍이 생기도록 기다린다. 적중은 표적을 맞추는 것이 아니라 정중앙을 통과하는 것, 새처럼 가볍고 빛살처럼 빠르게 탄환을 날려 보내는 멎은 숨결, 탄환의 길道로 탄환을 보내어 그는 542명의 소련군을 저격했다. 97세의 나이로 생을 마감한 그의 작은 체구를 소련은 하얀 악마라 불렀고 핀란드는 영웅이라 불렀다.

춤추는 모빌을 보면서 반짝반짝 눈에서 광채가 나는 아기처럼, 보는 것마다 새로운 그를 시인이라 부른다. 그는 말을 가지고 보이는 것마다 이름을 붙인다. 개울을 보고 하늘이라고 하면 거기 하늘이 흐른다. 흐른다 흐른다 하면 앉은뱅이꽃이 일어서서 걸어간다. 새新 이름을 불러 존재를 해방시키는 사람, 말의 길道을 따라 말의 정중앙을 통과하여 다른 세계를 여는 사람이 있다. 땅이 있으라 하면 거기 땅이 생기는 자를 신神이라 한다. 새 땅이라 불러 새 땅을 여는 자를 시인이라 한다.

기다릴 줄 아는 사람이 비오는 봄날 오후를 한 땀 한 땀 스킬 자수로 길道을 놓고 있다.

* 장자, 내편, 양생주, 포정해우庖丁解牛
** 세계 최고의 사살 기록을 가진 핀란드의 저격수

명관明觀*

명경지수明鏡止水는 밝은 거울과 고요한 물을 이른다, 거기를 들여다보면 들여다보는 얼굴이 환하게 비친다, 거울이나 물의 밑바닥까지 내려가 어른어른 얼굴이 비치는데 그 깊이를 가늠하기가 힘이 든다, 거울은 밝고 물은 고요할 때 그렇게 남을 비춘다

명관지심明觀止心은 밝은 생각과 고요한 마음을 이른다, 거기를 들여다보면 들여다보는 자의 행실과 마음이 환하게 비친다, 생각이나 마음의 밑바닥까지 내려가 어른어른 작은 허물까지 비치는데 그 가짓수를 가늠하기가 힘이 든다, 생각이 밝고 마음 또한 고요할 때 그렇게 자기 자신을 비춘다

보고 싶은 내가 아니라 있는 그대로의 나를 보는 것이 명관이다, 제대로 보아야 깨트릴 수 있다, 자기가 자기를 깨트리고 나오는 것이 깨달음이다, 봄이 봄을 깨고 나올 때 꽃이 핀다, 꽃은 봄의 명관明觀이고 각覺이다

* 노자 철학의 중요 개념

'밝게 본다'는 것은 '자기 자신을 본다'는 의미를 가진다. "타인에 대하여 아는 것은 지혜로운 것이고, 자기 자신에 대해서 아는 것은 밝은 것이다.(知人者智 自知者明, 노자 제33장)"라는 구절을 미루어 보면, '밝게 봄'은 '지혜' 보다 상위 개념이며 '타인을 보는 것'이 아나라 '자기 자신을 보는 것'임을 알 수 있다.

한자권에서는 보통 '눈으로 보는 것'은 '시視'로 표기하고 '마음으로 보는 것'은 '관觀'으로 표기한다. 명시明視와 명관明觀의 의미 차이가 그러하다.

이리하여 〈명관明觀〉은 〈마음의 눈으로 보아 자기 자신을 아는 것〉이며 명관을 통해서 깨달음을 얻을 수 있는 것이다.

마음

껍질을 깨고 갓 나온 새끼 가재를 초심이라 한다
성장의 과정에서 몇 번의 껍질을 벗으며 스스로 더
두터운 껍질이 되어 초심을 그 속에 유폐하는 것을 권
력화라 한다, 상실이 아니라 은둔하는 초심

그릇을 깨는 꿈을 꾸다가 잠이 깨었다, 손톱 밑이 아
렸다, 꿈에서도 파고드는 가시
그릇도 자기 보호 본능이 있는가

수양버들 가지에 푸른 빛이 돈다
깨고 나오려고 껍질 아래 새순이 꿈틀거린다

혀의 칼은 춤추고 칼날에 베인 상처는 운다
무릇 깨지는 것은 울음소리를 내고
소리에 놀라고 소리에 서러워서 내는 소리가 울음이
라면
세상의 눈물은 눈이 아닌 혀와 귀에서 나오는 것
혀는 아래위로 끼어서 걸핏하면 굳어지는 것, 굳어질
까 봐 춤추는 것

위대한 깸이여
고통도 깨어지고 번민도 깨어지는구나
깨는 것은 각覺,
마음을 깨고 마음을 얻어라, 사랑하는
마음을 깨려고 마음먹은 사람의 고쳐먹은 마음이 부
서져 스러지고 있다

깨어야 열리고 깨어야 닿는다

깨는 것은 결국 마음 한 장 넘겨서 자유를 얻는 일
그렇다고 꼭 능사도 아닌 것

마음을 열고 들어가 남의 화선지에 마음을 세운다,
묵으로
나중에 지우기 위하여 지금은 쓴다

풀어놓은 개를 따라 산책하듯이, 더 이상 벗을 껍질
이 없어 흐르는 대로 흐르는 것을 종심從心이라 한다, 흐
르는 마음 따라 끝내 혼자 가는 길

마디론

자로 잴 수 없는 무형의 거리는 마디로 잰다
마디의 점잖은 이름을 촌†이라 부른다
굳이 형체로 나타내면 손가락 하나의 너비쯤으로 친다

한 마디 거리의 아버지는 일촌
아버지의 일촌인 할아버지는 이촌
할아버지의 작은 아들인 작은아버지는 삼촌

형은 아버지의 한 마디 거리
내게는 두 마디 이촌
형의 한 마디 거리인 형의 아들은
내게는 세 마디 삼촌이 되는 조카

마디는 우주, 장단 원근이 그 속에 있다
이어짐과 끊어짐도 감싸고 있다

잘 자라 마디 없는
당신을 지나서 그 너머 갈 곳이 없는
나는

나를 당신에게 들여보내기 위하여 필요한
말
한 마디를

아직 찾고 있다

집자集字

　나전장의 혀는 뱀보다 날렵하고 민첩했다, 백골 위에서 말라가는 아교에 생침을 묻히자 끈끈한 풀기가 살아났다, 통영 푸른 바다색이 든 암컷 전복의 눈부신 껍질을 실처럼 가늘게 잘라서 뽑은 상사, 열 손가락으로 번치고 눕혀 길을 나누고 방을 들였다, 땅은 끊음질로 만물에게 제 자리를 내어 준다, 실톱과 줄로 자개를 문질러 매화와 국화를 피우고 난과 대를 세워 백골에 심는다, 자연은 줄음질로 집에 들어온다

　이제 칠장이 와서 옻칠을 하면 하나의 풍경이 거기 자리 잡아 생길 것이다, 사포질을 하여 거울처럼 표면을 갈아 내면 된다, 수면 아래 매난국죽이 살아나 마침내 일렁일 것이다, 어둠 속에서 세상 처음의 환한 웃음이 피어날 것이다

　신은 빛나는 것들을 모아 천지를 창조하였다
　자기 자신을 자개쟁이라 낮추었다

아주 작은 소리

　어린 꽃나무가 앓고 있습니다 속에서 생긴 병인지 밖에서 온 병인지는 알 수가 없습니다 들판의 서쪽에서는 여전히 싹이 틉니다 동쪽에서는 쉼 없이 고요하던 나뭇잎이 자꾸 무거워집니다 여기저기 기척이 있는데 알아들을 수가 없습니다 아침이 되자 어린 꽃이 피어납니다 완연하던 병색이 많이 사라졌습니다 아주 작은 기도가 부풀어 올라 저리 터져 나온 것입니다 앓는 속도 꽉 차서 부풀면 팝콘처럼 터지는 것이지요 처음에 꽃은 모두 여자의 몸에서 태어났습니다 북쪽이었습니다 어디선가 새어 나오는데 아무도 듣지 못하는 아주 작은 소리가 있습니다 가장 먼 곳에서 출발하여 우주의 가장 낮은 곳을 떠받치는 아주 작은 소리는 구체적입니다 여자의 집 안팎에서 구석구석 꽃이 피고 꽃이 지며 생명이 살아가는 소리는 몸을 가졌습니다 붉은 마음을 가진 새가 작은 소리를 품은 채 남쪽에서 높이 날아오릅니다

곡선에 대한 회상

1.
어렴풋한 능선을 떠올렸다

미끈하다
곱다
휘영청
빠져드는 보름달

달이 몸을 담근 강물 속의 달이 물결 따라 흔들린다
젖어 번지는 방향이 직선 같은 곡선이다 태초의 사람이
미끄러져 내닫던 언덕 위의 사냥은 부드러운 곡선, 춤
추는 활주였을 것이다 마침내 먹잇감에 착지하던 창날
은 반원을 그리며 비스듬히 날아왔을 것이다

곡선은 풍만의 외피, 가을의 빛깔이다, 여름의 태양
이 둥글게 날아와 익은 테두리

2.
봄에 가을 같은 여인이 있었다, 눈물을 장마처럼 달

고 살던 끝내 봄을 잃은 사람

겨울 동굴이 떠올랐다

추웠다
시렸다
파르르 언 얼굴이 그믐달 같았을 사람
찢어지는 문풍지처럼 쓰리던 속, 못내 오르지 못하고
떠나보낸 부푼 언덕

굽고 늘어진 어깨 선을 보았다
뼈만 남아 곡선이 되어 가는 고사목을 보았다

3.
아침이 오자 둥근 산마루로 둥근 해가 솟았다 익은
밀 이삭의 누런 수염에 둥근 이슬이 맺혔다 둥근 배에
서 나온 둥근 얼굴의 아이가 걸어가고 있었다 여름의
걸음걸이는 원형이다 둥근 부채에서 나온 둥근 바람이
대청마루를 건너갔다 직선이 곡선의 품에 안겨 있었다

만남

너를 만나러 이 세상에 왔네
어디선가 들은 아련한 소리 익숙하여서
소리 속에 묻혀 소리가 되고 싶었네
너는 감미로운 음률이었고
어느 먼 하늘 끝에 있는 청량한 옹달샘이었네
내가 너무 일찍 왔거나
네가 너무 늦게 왔거나
우리는 사다리의 양 끝에 있었네
오르거나 내리면서
소리가 건너가고 소리가 건너오는 것을
우리는 그것을 끈이라 하네
꿈결 같은 바라봄이라 하네
손을 잡아야만 이어지는 것이 아니네
같은 자리에 마주 앉아야만 만나는 것이 아니네
이 세상에 오기 전부터
거기 가면 있다는 것을 안 그때로부터
우리는 이미 앞질러 만난 것이네
그러나 가끔은 우리도
서로의 길을 먼 바다처럼 바라보며

꽃무늬가 앉은 카페라떼를 마실 수 있다면
가슴 저리게 좋을 것이네
목화 꽃 속에 묻혀 목화가 되고 싶었네
옹달샘 속으로 걸어 들어가
살아서 반짝이는 눈부처가 되고 싶었네
허공을 맴도는 너의 부드러운 배회는
향기로운 음악이었네

신록을 받다

오월에는 산의 신록이 살아납니다

새잎이 새의 부리처럼 새롭게 돋아나 뭉글뭉글 솟아납니다 산다는 것은 부풀어 오르는 일입니다

물감을 통째로 쏟아부으면 캔버스는 부풀고 부드러운 몰골이 들떠 오릅니다

가슴이 부풀어 풍선처럼 떠다닌 때가 있었습니다 날개도 없이 날았습니다

중요한 것은 그때가 아닌 이때입니다 신록은 푸르고 신록에 빠져 잠시 푸릇푸릇해지는 지금은 지나간 지금으로 나중까지 남을 푸른 지금입니다

몸도 마음도 아닌 눈으로 지금 신록을 받습니다 온몸에 푸른 물이 돌아 눈동자가 파래진 사내는 서부영화에 나오는 현상금이 붙은 총잡이입니다

다 늙은 남자인 그가 신록이 되어 탕 탕 탕 쌍권총을 쏘아 댑니다 오월 산이 푸른 피를 콸 콸 콸 뿜어 올립니다

연록으로 채색된 몰골화가 허공에 걸립니다

구름 터널을 빠져나온 잠깐의 신록입니다

저기 어디쯤

까르륵 목젖이 보이도록 웃던
주근깨 박힌 나리꽃이 있었다
저기 어디쯤,
웅덩이가 있던 자리에 공중목욕탕이 들어서고
코스모스 긴 꽃대가 흔들리던 철둑 근처엔 모텔 출입
문이 외지게 나 있다
탱자나무 울타리를 지나 어둠 깊은 들길이 열리던 곳
은 지금 예식장이다
땅에도 기운이 있고 쓰임이 있는 것이다
바람도 풀도 나무도 부림이 있다
저기 어디쯤
당신의 좌절이
당신의 분노가
당신의 비애가
썩지 않은 씨앗으로 웅크리고 있다
개진개진 물기 어린 눈망울에 서럽게 빠진
한 톨 씨앗은 이미 돌이킬 수 없는 완성이다
후회란 후회는 모두 뒤늦게 오는데
당신이 모르는 어느 먼 곳에서 이미 꽃 피운

오래전의 결실이 그렇게 있다
저기 어디쯤
나를 낳은 어머니가 있다
자정 넘은 눈길이 있다
첫사랑이 있다
꼭 거기가 아니라도
저기 어디쯤이라고 뒷날의 기억은 복원하고 있다
내 일생의 요동치던 허기의 발원지
저기 어디쯤

그녀라는 도시

도시의 입구에서 출발하여 이제는 출구까지 왔어

길을 잃은 적 있네
담장 위로 늘어진 장미 봉오리에 홀린 때가 있었네
나는 온전히 넝쿨 속에 들어가
가시에 찔려 요절하고 싶었네
향기 나는 장밋빛 피를 흘리고 싶었네

이념의 봉사자가 된 나는 도시를 원망했네 도시에 살
면서 도시를 가질 수 없는 처지를 비관했네 처음부터
나는 도시의 배경을 모르고 도시를 소유한 도시의 지
배자를 외면했네 사람들은 가지려 하고 가진 자는 놓지
않으려 하는데

선거에서 나는 한 번도 여당을 찍은 적이 없어
도시의 어떤 건물도 가진 적이 없기에

나는 어둠 속에서 피 끓는 아나키스트가 되고 있었지

도시엔 자주 미세먼지가 몰려오고 출신을 알게 된 나는 마침내 이 도시에서 죽기로 했네 호스피스 병동도 중환자실도 아닌 뒷골목에서 객사하기로 했네 〈나는 여기 살았다〉는 육필 묘비명을 담벼락에 힘겹게 쓰고 있네 아무도 보지 않을 것을 알면서 몽당연필로 쓰네

　그런데 오늘
　일몰은 참 곱네
　이보다 더 아름다운 색깔이 세상에는 없을 것이네

　나를 거두는 그녀에게 나는 지금 감사해야 하네

왜관 아랫개에 대한 다큐

꽃을 보는 눈이 있었다
계절 밖에서도 꽃은 피었다

히말라야시다가 있는 붉은 벽돌집 정오의 정원에서
나는 세상에서 가장 맑은 꽃잎을 처음으로 본 적이 있
다 눈뜨는 봄날에 가지와 가지 사이 돌연한 냉이꽃 옆
에서 책장을 넘기는 파리한 창조주가 있었다

물이 드나드는 길의 끝에서 가로수는 만나고

나는 섬이 되어 떠내려가면서도 꽃 피는 섬으로 눈
길을 보냈다 섬의 큰 키와 휘날리는 머릿결은 가물가물
피어나는 붉은 구름 사이에서 물결처럼 출렁이다가 사
라지곤 했다

해류가 바뀌는 길목마다 꽃은 몸으로 부딪히며 산이
숫듯이 터져 나왔다 해적선이 데려가는 꽃의 행로를 보
면서 나는 꽃잎에 매달린 물방울 같은 아나키스트가 되
어 있었다

바다의 끝에 닿을 때까지 파도처럼 지지 않고 꽃은
피기만 할 것이다 흐르는 길을 따라 보는 이가 없어도
저 혼자 필 것이다

꽃은 질 때 꽃잎을 떨군다

가온다 원근법

눈이 내리고 있었어요
새벽이었지요
가지에도 앉고 마른 잎에도 앉고
어깨 위에도 내려앉았어요
눈 탓에 새벽은 더욱 환해지고
우리는 금방 춤출 수 있었어요
소녀의 웃음소리가 팔랑팔랑 날아올라서
가지 위의 소리를 우수수 떨어뜨렸어요
아~
나는 콘트라베이스가 되어 배경 소리를 내었지요
멀리서 보는 가온다의 자리는 눈부셨지요
주변을 맴도는 노래는
자기도 모르는 사이에 소경이 되는 수가 있었어요
갈 소리를 떠나보내면서 남은 자가
가지마다 하나씩 앉아 층층이 자리 잡아갈 때
나도 어느 자리에 앉아 구석의 음표가 되었지요
너무 높이 있거나 너무 낮게 있는 친구는
스스로 거리를 두면서 자꾸 멀어지고
우리는 같은 음계끼리만 만나곤 했어요

한 번 눈 먼 새는 영원히 날지 못해요
까마득 높은 소리와 아득히 낮은 소리가 만나
몸부림치면 심포니가 되지요
멀고 가까운 건 세계가 아니라 자리였어요
눈이 내리는 으뜸음 자리는 금세 녹아 버려서
누구도 머물지 못하는 영역이었지요
새벽이면 강으로 나가
날마다 물결치는 소리를 들었어요

눈 내리는 겨울밤에 월오교를 걸었다

그날* 거기서 나는 길을 잃었다
길을 걸으며 길을 잃었다
달의 마을로 들어가는
달 뜨는 월오교**에 달 뜨지 않은 밤이었다
달 뜨지 않아도 눈부시게 밝은 밤이었다
내가 처음 목격한 백야에는
하얀 옥양목이 천지간에 펼쳐져 있었다
쉼 없이 하늘에서
하얀 목화송이가 속절없이 쏟아져 내렸다
하얀 길 위의 나는 하얀 유니콘이 되어
눈부시게 하얀 키 큰 나무를 따라
긴 뿔을 쳐들고 하염없이 걸었다
방랑은 거기서 시작하였다
눈 내리는 겨울밤에 월오교를 걸으며
마음엔 꽃이 피는데
얼굴에는 까닭 모를 눈물이 흘렀다
발성을 잃어버린 나는 그러나 울 수가 없었다
시력을 잃어버린 나는 더 이상 볼 수가 없었다
시력과 발성이

하얀 테두리의 '사건의 지평선'을 넘어서
보이지 않는 블랙홀로 빨려 들어간 것이다
눈길을 밟고 오는 순한 발자국 소리가 들렸다
나는 천사의 기척일 것이라 생각했다
눈길을 밟으면 밀어내는 것이 아니라
뽀드득 뽀드득
단단히 여미어 끌어당기는 찰진 소리가 났다
이리 와라 이리 와라
소리에 끌려가며 소리에 익숙해지다가
끝내 나는 청력까지 잃고 말았다
소리는 어느 곳에서는 귀를 열고
어느 곳에서는 귀를 닫는 마력을 가지고 있었다
그날 이후 나는
듣지도 보지도 말하지도 못하게 되었다
하얀 둘레의 블랙홀에 흡인된
사랑은 청맹과니
사랑은 벙어리
사랑은 귀머거리
몰라서 가는 아름다운 길이 사랑이었다

잠시 눈부시고 오래 슬프게 가는 길
나설 때는 황홀하지만
돌아올 때는 쓸쓸한 길이 사랑이었다
사방이 길인 하얀 세상에서
길을 잃지 않을 사람은 아무도 없다
떠돌지 않으며 서 있을 나무는 어디에도 없다
방랑은 그러므로 싱싱하고 절실하고 성스러웠다
잃어버린 길을 찾아 길에서 길로 떠돌다가
밤 깊어 지친 세상 끝에서 돌아와
다시 월오교를 걷는
훗날의 무채색의 풍경화에는
속절없이 내리면서 끝까지 녹지 않는 눈이
거기 그렇게 여전히 하얗게 쌓이고 있었다

* 1965년 1월 28일, 왜관 삼성극장에서 순심중고등학교 졸업식(중17
회/고11회) 날 밤. 적설량 10cm 이상의 눈이 왜관읍 일대에 내렸다.
** 경북 칠곡군 왜관읍 왜관리 아랫개에서 낙동강에 합류하는 동정
천의 마지막 교량이다. 강에 근접해 있는데 속칭 달오교라 부른다.
월오月塢는 '달이 뜨는 후미진 곳' 또는 '달마을'이란 뜻이다.

나무는 나무의 몸을 모르고

강의 서쪽에 그녀의 집이 있네 자동차로는 못가는 길 걸어서 가야만 하네 철교를 지나서 심장을 움켜쥐고 굽이굽이 꺾어들면 휘영청 돌아가는 한적한 길이 있네 인적 드문 하늘길 강길 높이 뜬 둘레길이네 눈 내린 새벽이면 저벅저벅 발자국이 푸른 도장으로 찍힌다네 갓 감고 나온 숱 많은 그녀 머릿결 늘어질 때쯤 보름달 대문은 열려 있지만 조용히 기웃거리다가 밤 깊은 사람은 돌아오네 나무는 나무의 몸을 모르고 성스러운 집은 잡인을 금하느니 스스로 높이 받들어야 존귀해지기 때문이네 몰래 가슴에 담아 오기만 해야 하네 내가 남긴 발자국 조용히 닦아내며 안개처럼 스러지며 돌아와야 하네 집이 아름다운 것은 높이 혼자 있기 때문이네 그녀는 숙연한 허공 침묵으로 서 있는 나무의 집이네

기다리지 마라

기다리지 마라
기다린다고 오는 것이 아니다
기다리지 않아도 올 것은 오고
아무리 기다려도
오지 않을 것은 오지 않는다

슬퍼하지 마라
슬퍼한다고 달라지지 않는다
슬퍼하지 않아도 남을 것은 남고
아무리 슬퍼해도 갈 것은 간다

기다림이 아프지 않을 때 기다려라
오지 않아도 괜찮을 때
아무것도 기다리지 않는 기다림이 좋을 때
그때 기다려라

기다림은 기다리는 것이 아니다
슬픔은 슬퍼하는 것이 아니다
바람에 흔들리는 풀꽃처럼

그냥 기다리는 것이 기다림이다
비 오는 날의 염소 새끼처럼
그냥 눈망울만 굴리는 것이 슬픔이다

먼저 간 이들은 모두
홀로 걸어서 언덕을 올라갔다
기다림을 기다린 것이 아니라
기다림을 향해 기다림을 가슴에 안고 걸어갔다
슬픔을 슬퍼한 것이 아니라
슬픔이 부드러워 슬픔을 손에 들고 슬퍼했다

기다리지 마라
슬퍼하지 마라
너만 아파야 한다
아무도 눈길 한 번 주지 않는다
달라지는 것은 아무것도 없다
기다리지 마라
슬퍼하지 마라

국화꽃, 명화 名華

세상에
국화꽃을 본 사람이 몇이나 될까

국화꽃이 피면
주변이 한순간에 뜨거워진다
세상 속에서 피어
세상을 품는 국화꽃의 너른 품은
갓 깨어난 아침을 닮았다
국화꽃은 사시사철 핀다
날이 흐리거나 비가 오는 날에도
어김없이 핀다
눈 내리는 날 무더기로 피어난
하얀 국화꽃 속으로
누가 길을 떠난다
국화꽃을 피우는데 골몰한 그는
날마다 하얗게 영혼을 씻으며
맑아져 가다가
마침내 국화 꽃잎으로 떨어지고
유리처럼 부서져 흩어진다

목숨 걸고 국화꽃을 사랑한 사람이
열반에 드는 모습이다

여백을 앉히다

당신 안의 여백에 자리를 만듭니다
내가 만드는 것이 아니라
당신이 이미 만들어 놓았습니다
자릿값도 없이
나를 위하는 당신의 손이
슬며시 내어놓은 자리입니다
혹여
누가 눈치챌세라 당신은 쑥스러워합니다
나는 들어가 앉기만 하면 되겠는지요
미안하고 고맙습니다
누가 나를 보고 꽃이라고 했을 때
여백은 꽃받침이 됩니다
꽃받침은 주변이 아니라 중심입니다
한가운데가 허전하여 당신은 중심을 비워두고
주변이 너무 가벼워 나는 중심으로 다가갑니다
상승하는 물의 길을 거슬러
아래로 내려갑니다
나는 당신이 든든합니다

가을 어조

해는 짧아진 꼬리를 감추며 사라지고
당신은
긴 그림자를 끌며 어디론가 가고 있습니다
지난여름은 숨 막히게 뜨거웠습니다
이제 단풍나무 아래서 땀을 식히며
당신의 곤한 영혼을 다독여도 좋겠습니다
남은 시간은 그리 길지 않습니다
어제는 이미 잠 속으로 들어갔으므로
숙려를 깊이 갈무리한
당신은 이제
다하지 못한 사랑을 다시 시작해도 되겠습니다

봉숭아여 안녕

얻어 온 봉숭아 화분은 작고 깜찍했다 토기 외벽의 돋을새김의 무늬조차 은은했다 베란다에 내어 놓고 매일 아침 물을 주었다 손가락 세 마디 크기의 키는 그러나 자랄 줄을 몰랐다 울밑이 아니어서인가 세상이 편해져서인가 그녀는 성장을 멈추었고 더 이상 잎을 내놓지 않았다 나의 초조와 안달은 나만의 것이었다 나와 그녀 사이는 깜깜 절벽이었다 누군가의 손톱을 물들이던 분홍 꽃잎은 영영 내게로 오지 않았다 허공 너머로 봉숭아가 한눈을 팔기 시작하면서 잎의 끝이 마르기 시작했다 장닭의 다리처럼 붉고 꼿꼿하던 줄기도 탈색하기 시작했다 꺼져가는 촛불을 끄기로 했다 봉숭아 줄기를 잘라 버린 오전 내내 나는 안녕이라는 말을 우물거렸다 뿌리는 과연 온전할까 생각도 못 하면서

지우기

세상이 세상을 지운다
낙엽이 먼저 떨어진 낙엽을 지우듯이
구름이 흘러 구름을 지우고
비가 내려 비를 지운다
삶이 삶을 지우고, 죽음이 죽음을 지운다
열심히 거두고 채우면서 살아도
산다는 것은 짐짓 지우는 일
하루하루
나는 나를 지우고
당신은 당신을 지운다
가시는 가시를 지우면서 가시가 된다

비와 바람의 행장

이 길밖에 없었다

겨울 하늘이 너풀거렸다 탱자나무 울타리의 마른 탱
자가 섬처럼 흔들리고 있었다 목도리를 여미는 손가락
끝이 나무젓가락인 양 얼기 시작했다 어디선가 물소리
가 들렸다 허공에 뜬 연이 허리를 비틀면 얼어붙은 공
중이 조금씩 흔들렸다 푸른 하늘에 쩍 금가는 소리가
마침내 났다

처음에 씻고 마지막에 씻어 길은 비로소 정갈해지는 것
　나는 아침마다 가보지 않은 길을 가며 처음 보는 너
의 풍경에 설레었다
　석양도 풍만할 것이다 내가 본 풍경 중에 가장 아름
답고 정갈한 번짐일 거기

비 오고 바람 불면 그리움이 피어났다 흔들리며 젖
는 전신이 물푸레나무처럼 푸릇푸릇해졌다 그 집으로
가는 길은 슬프도록 젖어 있었다 눈부시게 밝은 어둠이
걸려 있었다 나는 정성을 다해 울기 시작했다

너와 나를 넘는 데는 이 길밖에 없었다 우리는 밀어
내고 우리는 잡아당겼다 내 속의 너는 네 속의 나였다
지상에서 가장 작은 도토리로 떨어지기 위하여 나뭇잎
은 돋아나고 있었다 눈물짓고 있었다

　비 그치고 바람 불던 날
　너의 영혼 같은 깃털 한 잎 날아올라 허공의
　높은 길을 증거하고 있었다

관觀

해 뜨면 해 보고 달 지면 달 보아라
판단하지 말아라

울면 우는 것을 보고 웃으면 웃는 것을 보아라
이유를 알려 하지 말아라

사람이 오면 사람을 보고 사람이 가도 사람을 보아라
가진 것, 남긴 것을 보지 말아라

너는 나의 너이고
나는 너의 나이다

그냥 보아라

간절하면 보인다
다만 보아라

집중集中

마당
한가운데 빨랫줄의
바지랑대 끝에 잠자리가 존다
날개를 편 채, 눈을 뜬 채
잠자리를 벗어나
우주 한가운데의
잠자리로 들어서는
세상을 떠가도 모를
무아무심無我無心의
저 집중

화신花信

이른 봄
난데없이
해쑥 한 줌 뜯어 와
들깨 가루 된장 풀어
향긋한 국 한 그릇
끓여 놓고 간 사람 있는가

있다면,
당신은 그를
화신花信이라 부르시라

라일락 꽃향기

라일락꽃이 만발했습니다
당신이 옵니다
바람결에 실려
꿈인 듯 아닌 듯 옵니다
당신은
나를 잠 속으로도 데려가고
허허벌판으로도 데려갑니다
마음이 취해서
전신이 황홀한
나는 이전의 내가 아닙니다
눈앞이 흐립니다
손이 떨리고 눈꺼풀이 떨립니다
나는 지금
긴장하고 있는 건가요
너무 은은한 당신이
나의 시간을 마비시켜 버렸나요

땅찔레

비 오는 5월, 늦은 저녁답이 고즈넉하다
강 건너 미루나무 숲을 지나
아카시아꽃 주저리 아래 앉아서
휘청 굽어 나가는 빈 길 본다
찔레 향기가 비에 젖어 황토 땅바닥으로 흘러간다
박새 한 마리 옆에 앉아 몸을 말리는데
세찬 비 다시 굵어진다
아무도 없다
비를 피하는 손바닥만한 지붕이 부처다
서녘 하늘에 두터운 비 또 묻어오면
집에 갈 수 없다
사라진 산이 벗겨지기를 기다리는
흐린 노안 조용하고 침침하다
갈 길 남아 있다는 듯 젖은 들판 내다본다
땅찔레 하염없이 긴 팔 외롭다

나비

나비는 낮게 난다

땅바닥 가까이에 꽃이 있어서

물결처럼 가볍게 나풀나풀 난다

가장 낮은 곳에서 우주를 지고 있는

저 홀가분함

반伴

월지月池는 거울
월지에 뜨는 달은
반달도 한 벌, 온달도 한 벌
하늘과 물속에 쌍으로 뜬다

동궁東宮은 말씀
동궁에서 읊는 시詩는
꺾어도 두 번, 풀어도 두 번
기러기도 오리도 짝으로 난다

양안兩岸

왜가리가 강을 건넌다
멀리 지나는 인기척에 놀라
물에 비친 제 그림자를 밟고
훌쩍훌쩍 날아서 도강을 한다
위험지역을 떠나 안전지역으로
먼 강 혼자 건넌다
이곳이 아니면 저곳
누가 만들었는지
세상의 건너 쪽에는
언제나 안전한 언덕이 있다
어느 쪽에도 머무르지 못하는 안전의
양 기슭이 있다

물

외로워서 물이 되었다

가장 낮은 곳으로 모여 강물로 흘렀다

흐르는 물이 섬을 만들고
섬은 물을 갈라놓았다

외로운 것들의 태생과 종말은
끝내 남남이었다

물이 되어도 외로운
각각의 나와 나

부조浮彫

    강물 위로 제트 스키가 달린다 직선과 곡선을 그리다가 마침내 동그라미로 물을 파내고 있다 부서진 물방울이 비산하는 아래로 물의 살이 두둑처럼 돋아난다 조금 떨어진 곳에서 물새가 황급히 날아오른다 한 번씩 튀어올라도 제트 스키는 끝내 날지 못할 것이다 물의 살만 파내고 있을 것이다 캔버스 안에서 밖으로 홀로그램이 걸쳐진다 시리얼 넘버가 반짝인다 부서지면서 새겨지는 길 찰나로 남는 물의 몸의 돋을새김 문신

잉아

나는 덜컥덜컥 숨막히며
긴 그리움을 들어 올리고
하루가 매끄러운 너는 천리 밖에서
반짝이는 실오리를 찾아 넘나든다

날실을 적시는 나의 객혈을 보았느냐
장난이 아니다
집착도, 고지식도 아니다
나는 나를 책임지기 위하여
나는 나에게 충실하기 위하여
너에 대한 변함없는 그리움을
들썩들썩 이 아침에도
쉼 없이 들어 올리는 것이다

우리가 직조한 성긴 사랑이
바다를 건너 대륙을 잇는 차일遮日이 되어도
나는 나를 향하여
너는 너를 향하여
아, 근원으로 회귀하는 자기사랑이여

빙어

빙어는 바다에서 왔다
바다에서 온 자는 투명하게 반짝인다
모자를 벗으면서
내려놓은 머리는 먼 수평선이 되었다
민물은 거슬러 오를수록 산란이 힘들어
그리운 바다로 돌아가지 못했다
지상의 수면을 오르내렸지만 화평은 없었다
기슭에 매달리는 강은
번갈아 가며 갈대 또는 억새를 움켜쥐었고
마른 풀숲에서
청둥오리는 해마다 썩은 알을 낳았다
얼음 얼면 얼음 아래로 흘러오는 물살에
한사코 몸을 줄여 생존했다
마음은 대낮처럼 맑아 자꾸 높은 곳을 향했다
떠나온 수평선으로 돌아가지 못한 채
빙하기의 새벽에 실종된 꽃씨 하나
개화의 자취는 어디서도 찾을 수가 없었다

나무뱀

아프리카 우림에는 하늘을 나는 뱀이 산다 구부린 몸
으로 바람을 타고 아래로 활강한다 꼬리의 추진력과 목
의 양력이 더 오래 하늘을 날게 한다

일단은 그렇게 알려져 있다 그러나 실은 이러하다

그가 본 희망이 그로 하여금 날게 한다 양력은 희망
의 다른 이름이다 맨 처음 땅을 떠나 나무에 오를 때부
터 그가 본 것은 미래이다 비행이다

전지剪枝

하나씩 가지를 자른다 아우성처럼 벋어 세상으로 난 길을 하나씩 닫는다 삭아서 절로 떨어져 나갈 삭정이도 있지만 아직은 피가 흐르는 생가지를 쳐 낸다 늦봄에 흩날리는 눈발처럼 흔들흔들 걸어가 돌아올 수 없는 좁은 문을 통과하기 위하여 몸집을 줄인다 가볍고 작아야 건너갈 수 있으므로 절로 줄어드는 몸집을 더 줄이기 위하여 팔도 자르고 다리도 자른다 한때의 우정을 붙들고 있는 전화번호를 차단하고 수첩을 찢었다 문을 닫는 일은 내일을 여는 일, 상처 난 자리를 뚫고 너로 나설 나의 길을 낸다 계절을 가리지 않고 나는 가고 시간을 서슴치 않고 너는 나로 온다 뒤가 있어 앞이 된다 무성하고 큰 길이 열린다

종지부

알람 콜이 울었다

일어나지 않았다

간혹,
단체 채팅방 알림 소리가 났다

일어나지 않았다

……열흘이 지났다

휴대폰의 배터리가 완전 방전되었다

누가 밖에서 현관을 열고 있다

일어나지 않았다

구급차가 오고
구들장을 떼듯 들것에 실려

집 밖으로 나갔다

몇 장의 사진이 채록되고
휴대폰이 따로 수거되고

열흘 전의 끝이
뒤늦게 종지부를 찍었다

IV

근곡* 선생의 달빛 조상彫像

낙동강은 동쪽으로 흐르고
하늘에는 뭉게구름 인다
바람 불면 일어서는 억새풀,
흘러 낮은 곳에 처한 자는 강을 섬기고
땅에 발 딛고 하늘을 머리에 인
모 심고 밭 가꾸는 사람이 참 사람이라
하늘 아래 하늘이 되는데
하늘수박 익는 천봉산
후한 자락의 근곡 선생이
다함없이 높은 고을
상주尙州를 꺼내 닦는 새벽
은척동학교당의 교인들은 줄지어 길 나서고
북천에는 감꽃 떨어진다
흐르는 강물 위로
여름 내내 뚝 뚝 땡감 떨어진다

* 박찬선朴贊善 시인의 아호(槿谷)

산수몽山水蒙*

— 천봉산 아래 북천이 흘러 낙동강에 합류하니

  산 아래 물이 솟았다 마르지 않는 물이 물을 만나고 강이 강을 만나는 곳에 높은 고을이 들어섰다 일러 상주라 했다 물은 천천히 가기 위하여 퇴강리에서 뒷걸음질을 쳤다 산은 산대로 물은 물대로 꿈꾸고 있었다 어두워서 잠들고 잠들면 꿈꾸었다 몽은 몽이라 높은 정신을 세워 천천히 밝히라 했다 바람이 되지 않으려면 외길로 홀로 가라 했다 사금파리같이 재주가 능한 사람들은 떼를 지어 먼 곳으로 흘러가서 돌아오지 않았다 몸을 맑게 하면서 근곡**이 끝까지 남았다 바쁘지 않게 게으르지 않게 시를 모셨다 천천히 삼가며 달 띄운 강의 문장을 가꾸었다 망우초 같은 시의 꽃이 지천으로 피었다 지지 않는 꽃을 일러 천봉산 아래 시의 신인神人이 산다고 하였다 신인은 죽지 않고 영원히 살았다 날이 갈수록 시에서 광채가 났다 이름이 눈부셨다

* 주역 64괘 중의 4번째 괘인 몽괘의 괘상
** 박찬선 시인의 호

박찬선 선생

회상나루에서 물을 다스리고 있었다
바람의 길목을 따라
당산에서는 청룡의 울음소리가 났다
남으로 가는 길은 물에서 열리고
천天, 지地, 인人이
퇴강리에서 한 몸으로 합쳐져
문리가 도도히 흐르는 갱다불길 100은
문학을 넘어, 역사와 철학을 넘어
성스러움이 흐르는
낙동강문학의 우주적 성지聖地를 이루었다
대의大義에는 거침이 없으니
쓰는 대로 시가 되고
생각하는 대로 설산의 정상이 되는
눈빛 형형한 시인이 역사役事를 했다
높은 고을 상주尙州를 지키며
동으로 흐르는 물가에서
은빛 도포를 입은 채로 좌정하자
높이 떠돌던 창공의 오색구름이
굽이굽이 낙동강 물줄기로 내려와 휘장을 쳤다

숨이 차면 물길은 돌아 나가지만
숨 찰 줄 모르는 시선詩仙은 줄기차게
붉은 남방으로 먼 길을 내고 있었다
길을 내는 일은 우주를 여는 일
그가 옳았다

아나키스트 김성국 교수

살아있는 것은 모두가 잡종*이었다
잡종을 사랑하는 사람이 있었다
저쪽과 이쪽을 모두 친구로 삼고 싶어
너도 자유, 나도 자유였던 처음
떠나온 곳을 돌아보는 사람이 있었다
주어진 것이 빈손뿐이던 출항은 설레었다
살아 있음은 경건하고
개인은 자연에서 왔으므로 자유이며 하늘이라
사람을 사랑하여 사름하는 사람이 있었다
바닷가에서 바다를 보며 바다가 되고 싶었던 사람
해적처럼 붉고 더운 피를 가진 자유의 수행자가 있었다
35세 연상의 허유** 선생이 대단하다, 존경한다 했던
높고 먼 시선을 가진 오롯이 키 큰 사람 하나
부름에 응답하는 푸른 사람은
선혈 같은 동백꽃이 되어 밤새도록 피었다
오는 대로 받아들이는 해방의 바다를 꿈꾸며
바람을 가르며 잘라 온 한 떨기 수평선을
입춘 무렵이면 펼치고 또 펼쳤다
마침내 소리가 되어 먼 들판을 가로질러

눈물겹게 다가오는 것은 모두가 잡종이었다
세계의 빛이 모이는 남쪽 바닷가
잡종을 사랑하며 살아가는 사람이 있었다

* 아나키스트 자유주의자의 길을 가면서 잡종을 핵심 키워드로 내세우고 있는 김성국(1947~)은 신국판 932쪽에 달하는 방대한 분량의 독보적인 저서 『잡종사회와 그 친구들 : 아나키스트 자유주의 문명 전환론』(이학사, 2015.12.)으로 제62회 대한민국학술원상(2017)을 수상했다.

** 현대 한국의 제1세대 철학자이자 아나키스트였던 하기락(1912~1997) 교수의 아호. 아나키스트로서의 그의 사상과 삶을 조명한 김춘수의 시 「허유虛有 선생의 토르소」, 「제18번 비가悲歌」 등이 있다.

쾌도난마
—철학자 문성학 교수

뛰고 달리는 물줄기이다. 그냥 달리는 것이 아니다. 숨 돌릴 겨를도 없이 허섭스레기를 갈라내고 뒤엉킨 덤불들을 걷어내며 달린다. 그가 지나간 자리는 정연하고 시원하며 밝아진다. 어둡고 어지러운 곳이 그를 필요로 하는 이유가 그것이다.

바람을 가르는 질주이다. 산처럼 일어나는 먼지는 저만치 뒤따라 느리게 온다. 사막 가운데를 가로질러 서쪽으로 향하는 그는 낙타가 아니라 준마이다. 키가 커서 멀리 내다보는 눈망울이 서늘한 적토마이다. 뚫어야 할 것이 있는 자가 그를 필요로 하는 이유가 그것이다.

사유는 송곳이고 말늘은 칼이다. 그 끝에 감도는 푸른빛은 전기적 파장을 날카롭게 방출한다. 살에 닿으면 살이 베이고 눈에 닿으면 눈이 먼다. 그러나 멀리서 보고 들으면 듣는 자는 신명이 난다. 재미가 있다. 여운이 길게 남는 얻을 것이 있다. 정신의 지주支柱를 세워야 하는 곳이 바로 그가 있어야 할 자리이다.

물가의 나무
—대한철학회 제54대 회장 장윤수 박사 취임에 부쳐

물가에서도 목마른 나무가 있다
오래전에
흘러간 물은 여전히 돌아오지 않는다
애기똥풀도 고개 돌려 꽃을 피운다
사정이 그렇다
오지 못할 것은 오지 못하고
말할 수 없는 것은 누구도 말하지 않는다
강의 서쪽에 나가
밤새도록 우는 사람이 있다
수양버들 가지를 헤치고
그믐녘의 눈썹달은 새벽 늦게야 뜬다
갓 감고 나온
검은 머릿결 툭 툭 터는
키 큰 여인의 둥근 어깨 너머
먹오딧빛 서러운 시간이 방울진다
강심의 저 많은 눈물
다른 곳을 바라보며 흐른다
하느님은 출타 중이다

(2023. 05. 20)

물가에 마을이 있습니다
—칠곡문화원 제19대 이형수 원장 취임에 부쳐

물가에 마을이 있습니다 낙동강을 가운데 끼고 호랑나비처럼 날아오르는 마을입니다 상서로운 골짜기가 일곱이라 하여 칠곡군이라 부릅니다 옻나무 진액처럼 상하지 않는 정신이 강물처럼 흐르는 고장입니다 호국충절과 지사, 효자 · 효부와 열녀의 고장이기도 합니다 태곳적부터 사람들이 살아 고사리 화석과 빛살무늬 토기 조각이 여태껏 나옵니다

달오에서 태어난 과수원집 막내아들이 한평생 이곳의 정신을 지켰습니다 하늘 맑은 날 눈부신 길로 와서 칠곡 문화의 새날을 열고 있습니다 상앗대를 움켜 쥔 나룻배의 사공에게 물가의 나무들이 박수를 칩니다

문화는 사람이 사람다워지는 일입니다 낮은 곳으로 흐르며 마른 목을 축이는 청정 샘물, 상큼한 감로수입니다 물질은 문명과 한 몸이 되어 펄을 만들지만 정신은 문화가 되어 꽃으로 핍니다 일찍이 문화가 꽃핀 곳은 번성하였고 물질이 무성한 곳은 각축하였습니다

가지에 앉았다 떠나는 새가 아니라 당신은 땅으로 내려와 발자국을 찍고 그 발자국에 빗물이 고이게 하여 맑은 물속에 어름치와 열목어가 헤엄치게 해야 합니다

물가의 마을은 마음을 어루만지는 치유의 땅이어서 광야의 사람들이 구름처럼 모여들어 하늘 아래 제일의 도시가 되어야 합니다

지방문화원은 모래알처럼 묻혀 있는 향토의 정신을 채굴해야 하느니 먼지와 때를 닦아내고 수정처럼 빛나는 광채가 반짝이게 해야 합니다

칠곡의 문화가 편한 의자가 되어 상한 영혼의 안식처가 되기를, 산소이며 숨 쉬는 허파인 지방문화가 물푸레나무처럼 푸름을 풀어내기를 오늘 우리는 소망합니다

아름다운 고장, 품격 있는 도시, 격조 있는 선비의 마을, 칠곡의 문화가 훨훨 창공으로 날아오르기를, 끝없이 비상하기를 물가의 나무들은 두 팔 벌려 축원합니다

당신이 여는 자존과 품격의 길에는 사시사철 지지 않는 꽃이 피고 해가 뜨며 뒤에 오는 사람들이 대대손손 손에손잡고 화평과 안락과 안녕을 구가하기를 물가의 나무들은 부드러운 바람결이 되어 지금 빌고 있습니다

(2022. 04. 06.)

요약

　족보에는 밟아 내리는 계보가 있다, 다랑논 한 뙈기와 같은 그의 자리에는 그의 이름, 출생과 사망 일자, 처, 벼슬, 묘의 위치가 기재되어 있다, 그뿐이다

　위쪽으로는 조상들이 있고 아래쪽으로는 자손들이 있다, 사다리가 끊어지는 절손絶孫을 무후無後라 한다, 아래가 허공이다

　한 사람을 이보다 더 간단하게 요약할 수는 없다

　안개와 구름과 바람을 사상하고 마른 뼈만 추상하는 것이다, 화장기가 없다

초록음자리표

언제 실로폰이 울었는가
쨍~, 초록이 깨어난다
햇살은 사선으로 내려와
잠 깬 물상의 윤곽선을 드러낸다
합창을 하며
줄지어 소풍 나온 아이들처럼
연록과 신록이
무더기 무더기 살아난다
오월의 산하에 그려져 있는
초록음자리표에서
푸른 소리가 솟구치고 있다
바리톤 색소폰의 저음이 흐르는 가운데
산새 소리에 버무려
깊이 들이마신 푸름이 혈맥으로 흘러
우물 같은 눈동자가 한없이 맑아진다
가슴에 문이란 문은 다 열었다
두드리면 일어서는 원형의 율동이여
푸름을 토해 내는 생명이여
초록 물감을 쏟아 부은 하늘 아래

질펀하게 연주하는 교향 관현악의 음률을
다가오는 대로 모두 받아 들여
이대로 주욱 나는
여름도 가을도 건널 것이다
끝내 겨울로 들어가는
한 줄기 푸른 바람이 되어도 좋을 것이다

치명致命

치명은 칠대 조부의 휘자諱字이다

가는 줄기에 매달리는 조팝꽃은 치명적이었다 조팝
꽃 하얀 꽃잎 같은 소복은 치명적이었다 소복 보다 더
창백하게 핏기 잃은 입술은 치명적이었다 넋이 빠져나
간 눈가의 텅 빈 자리에 들어와 앉은 하얀 허공은 아!
처절하게 치명적이었다

사 년 연상의 아내가 죽어 서른세 살에 상처를 하게
된 치명은 나이 어린 열아홉 살 신부를 다시 맞았다 조
팝꽃 핀 산등성을 넘어온 신부의 몸에는 조팝꽃 향이
배어 있었다 막 피어나는 신부를 보고 있으면 먹지 않
아도 배고프지 않았다 신부는 여자가 아니라 어둠을 밝
히는 불꽃이었다

다음 해 역질이 돌았고 어린 신부가 죽었다 마른 꽃
잎처럼 갈라진 입술로 숨을 헐떡거리다가 치명의 손을
잡은 채 이승을 떠났다 다시 다음 해 치명도 어린 신부
를 뒤따라갔다 유언대로 장례를 치렀다

본처와는 쌍분으로 옆에 누운 치명이 재취와는 합장
으로 잠들어 있다 둘이면서 셋인 제위

해마다 조팝꽃은 필 때마다 치명적이다
해마다 조팝꽃은 질 때마다 치명적이다

택호宅號

할머니*의 택호는 홈실댁이고
어머니**의 택호는 명곡댁이다

'홈'은 나무木를 깎아 만든 것인데
속을 파내어서 물이 지나가게 만든 목숨命 길이어서
그 상형을 본 따 한자로 '홈통 명榠'이라 한다
나무는 속으로도 물이 흐르고 위로도 물이 흘러 목숨
을 잇는다
'실'은 마을이나 동네이고 '곡谷'은 골짜기라
둘 다 사람이 모여 사는 장소이다

홈실***이 명곡榠谷이고 명곡이 홈실이다
같은 마을인데
홈실은 한글 이름이고 명곡은 한자 이름이다

같은 마을에서 먼저 태어나고 뒤에 태어난
할머니와 어머니가 앞서거니 뒤서거니
우리 집으로 시집을 와서
4대 독자 아버지를 붙들고 가문을 일으켰는데

구별하기 위하여
한 사람은 홈실댁이 되고
한 사람은 명곡댁이 되었다

태어나고 자란 집을 떠나
같은 집으로 옮겨 와서 얻은
서로 다른 이름이다

다 살고 나면 가는
저쪽 집에서의 이름도 같으면서 다를 것이다

* 이경후李慶厚(1893~1973, 향년 80세)

** 이호기李浩基(1916~1987, 향년 71세)

*** 경북 성주군 초전면 월곡리의 속칭

물바위

최 보살은 강으로 나가 기슭의 물바위를 찾았다, 대보름날 새벽이면 할머니가 찾아가 치성을 드리던 오래된 바위, 전신을 강에 담그고 정수리만 내어놓은 물때 낀 바위 옆으로 곱게 자라를 풀어놓았다, 등에 하늘 '천' 자를 업은 자라는 길게 목을 빼고 물속 깊이 헤엄쳐 갔다, 물살들이 일제히 길을 열고 뒤를 따랐다

간다는 것은 지금 여기서 벗어나 다음의 어딘가로 가는 마음의 흐름이어서
그것은 결국 지금을 놓아주는 일,
흐르는 강은 세상에서 가장 오래되고 정겨운 자유의 길이어서
사람들은 강에 와서 몸을 씻고 새날을 열었다

길은 연다고 열리는 것이 아니라
멀리 보면서 걷다 보면 어느새 발아래 강으로 놓이는 것이라
해방은 그런 것,
손에 쥔 것을 모두 놓고 나면 문득 절로 흐르는 것이라

강물에 붙들려 서 있는 달은 없다

강에 입힌 색깔이나 강에 뿌린 꽃잎은 잠시의 기도일
뿐 흐르는 강은 눈물도 아니고 웃음도 아니라 낮도 아
니고 밤도 아니라

길을 잃은 자는 강으로 가고

오래 되었으므로 새것인 강을 거기서 되찾는다, 돌아
가신 할머니의 흐르는 자정과 상봉한다

목자스럽다

내방가사를 필사하던 어머니는 한 번씩 어린 나를 건너다보며 '목자스럽다'고 하였다, 어림짐작으로 말귀를 열면서 나는 따라 웃었다, 마주 앉아 두루마리 종이를 조금씩 풀어 어머니의 붓길을 열던 한나절 내내, 나의 못난 얼굴을 놀리는 말인지 대견해하는 말인지 헷갈렸다, 기분은 나쁘지 않았다

여자아이들이 깨끔발로 돌을 차면서 놀이판에서 노는 민속놀이를 목자놀이라 한다, 이때 사용하는 납작하고 매끈한 돌이 목자이다, 코가 낮은 내 얼굴이 검고 납작한 돌 같다고 하여 어머니는 '목자스럽다'고 했을까

기독교에서는 신자가 양이고 성직자가 목자牧者이다, 양은 위험 앞에 노출되고 목자는 양을 인도하여 위험에서 벗어나게 한다, 목자를 따르는 양만이 구원되는 섭리, 내게서 어머니가 성직자의 모습을 보았을까, 그럴 리가 없다

목자득국木子得國은 고려 말 유행한 동요*이다, 지은

이와 노랫말이 전하지 않는다, 목자木子는 이李자를 파자한 말, 장차 이씨 성을 가진 이가 임금이 된다는 뜻, 그러니까 이성계의 조선 건국을 예언한 노래 제목이다, 어린 내게서 어머니는 대의를 보았을까, 만무한 일

　목자는 '못난 사람'의 사투리일 것 같다는 생각, '모과'의 다른 말일 수도 있다는 것, 기분 나쁘지 않은 느낌의 처음이 옳았다는 것, 칠십에 나는 겨우 알았다

　* 고려사, 우왕 14년(1388)

이제부터 자유다

내가 사랑한 사람은 춤추는 하늘이었고
손닿을 듯 멀리 나는 바다였다

부드럽고 넉넉한 구름의 거처는
지상이 아니었다
흐르는 강물 위에서
배가 비어 배가 출렁거렸다

드리고 싶었지만 내게는 나눌 것이 없었다
받고 싶었지만 내게는 받을 손이 없었다

나를 사랑한 사람은
천사였고 바보였다

생명은 바람이어서
돌아보면 온통 미안하다

그러나 해방은 마침내 왔다
이제부터 자유다
내가, 내가 아니어도 되는 자유

고맙습니다

오는 줄도 모르고 왔다가
가는 줄도 모르고 가는
오늘 나는 고맙습니다
나를 세상으로 보내주신 어머니, 아버지
고맙습니다
내 손을 잡고 일으켜 주신 할머니, 누님 고맙습니다

모든 것을 두고 갈 수 있어서
나는 복을 받았습니다
임종을 하듯 나의 저녁을 살펴준 마음씨
고운 사람에게 감사합니다

미안합니다
나로 인해 아프고 슬펐던 사람들
나 때문에 손해를 본 사람들에게 미안합니다

철학적 사유, 예지와 관용의 시학

이 태 수 (시인)

철학적 사유, 예지와 관용의 시학

이태수(시인)

　i) 김주완의 시는 이성적인 철학적 사유思惟를 감성적인 시적 언어로 녹이고 변용해서 다채롭게 떠올린다. 동양 고전에서 따온 구절을 명제로 인유引喩하는 일부 시들은 현학적이며 이성적인 논리에 무게가 실리지만, 대부분의 시는 해박한 지식을 이면裏面에 깔거나 쟁이면서도 자신만의 언어로 부드럽게 풀어 보이려는 데 무게중심이 주어져 있다.

　이 같은 시도와 그 흐름은 철학을 전공하는 시인으로서 '시 속의 철학'과 '철학 속의 시'를 함께 받들더라도 이성의 통로로 나아가는 철학적 관념(서사)들을 감성의 통로로 끌어가면서 승화하고 아우르려는 유연한 시적 지향과 추구에 무게가 옮겨지기 때문으로 보인다.

　이 시집에 실린 일련의 시에는 존재의 부름에 응답하듯 '언어=존재'라는 등식을 떠올리게 하는 '존재의 집'

짓기로 새길을 트고 다지려는 모습이 두드러진다. 특히 미세한 움직임과 아주 작은 소리에서 생명력을 천착해 내고, 곡선과 둥긂의 미덕과 정적靜寂과 침묵의 세계를 그윽하게 길어 올리는 견자見者로서의 예지는 각별하게 돋보인다.

우주의 질서에 겸허하게 순응하면서 자신을 낮추고 비우며, 사람을 향한 외경심과 따뜻한 신뢰도 남다른 그는 겸양지덕과 가톨릭적 사유가 어우러져 받쳐주는 사랑과 감사와 용서와 화해로 나아가는 현대판 선비이 자 이성을 감성으로 너그럽게 감싸 안는 관용의 시인이 라 할 수 있다.

ii) 조선조의 학자 한강寒江 정구鄭逑의 '주역周易은 본의本義보다 정전程傳을 먼저 읽어야 한다'는 묘지명(허 목 찬)과 철학자 니콜라이 하르트만의 '방법은 앞서가고 방법론은 뒤따라 간다'는 말에 공감(간접적 인유)하면서 자신의 철학적 사유를 포개놓은 시 「역易」은 해박한 지 식에서 우러나는 논리를 시적 언어로 풀어서 보여준다.

해와 달이 돌고 돌면서 몸 섞이는 법칙을 도道라 하고

낳고 낳는 것을 역易이라 하니

역易은 곧 도道이니라

길이 먼저 태어나고 길 위에서 만물이 나타나느니
흐르고 바뀌는 것이 길이다
뒤의 물이 앞의 물로 바뀌는 것이 흐름이라
바뀌는 것은 이전의 지금이 다음의 지금이 되는 것이다
길은 굽이굽이 길게 구부러지면서
바뀌어 흐르기에 길이다
새 길도 옛길도 모두 길 위에서의 길이다

날마다 새 얼굴이 되면 살아있는 얼굴이어서
조처는
흐름의 방향을 새로 다잡는 일이니라

　　　　　　　　　　　　—「역易」부분

　'해와 달이 돌고 돌면서 몸 섞이고', '낳고 낳으며', '흐
르고 바뀌는', '굽이굽이 길게 구부러지고', '길 위에서의
길'이나 '날마다 새 얼굴이 되면 살아있는 얼굴'이라는
표현들은 딱딱한 논리를 부드럽게 느끼게 해주는 시적
의장意匠들이다. 이 같은 이성적 논리의 시적 변용은 구
체적인 체험과 그 느낌들을 담고 있는「불학시 무이언不
學詩 無以言—시, 말, 시인」이 그 시발점과 도정道程에 대
해 일정하게 드러내 보인다.

마당을 가로질러 갈 때 아버지는 내게 시를 배우라고 했다 말을 얻으라고, 남의 말이 아닌 나의 말을 찾으라고 했다 자기만의 말다운 말을 할 때 자기만의 세상이 열린다고, 처음 이름 지어 부르는 것이 시라고 했다

내 뜻대로 이름 지어 부르면 사물들은 성큼성큼 이름 안으로 걸어 들어와 새것이 되었다 사람들의 말을 쓰되 사람들과는 다른 의미로 쓰기 시작하자 새로운 세상이 열렸다 넓은 세상 한가운데 말답게 말할 것이 있는 나는 내가 되고 반신半神이 되었다

　　　―「불학시 무이언不學詩 無以言―시, 말, 시인」부분

　시를 쓰게 한 계기와 동기는 아버지의 일깨움에 연유한다. 아버지가 『논어』의 '시를 배우지 않으면 말답게 말할 것이 없다'(불학시 무이언不學詩 無以言)고 한 말을 새겨듣고, 그 말대로 시를 배우고, 자신의 말다운 말을 따라 시의 길을 걷고 있기 때문이다.
　그 도정에서는 자신의 뜻대로 이름 지어 부른 사물들이 그 이름 안으로 들어와 새것이 되고 새로운 세상이 열리며, "넓은 세상 한가운데 말답게 말할 수 있는 나는 내가 되고 반신半神이 되"는 경지에 다다르는 데는 철학자 하이데거의 영향도 적잖았을 것 같다.
　하이데거에 따르면 '반신이 되었다'는 건 '시인이 되었다'는 뜻이다. 그는 '말로서 새롭고 완전한 세계를 건

설해 내는 시인들의 언어는 예언하는 언어이며, 그런 의미에서 시인들은 신들과 인간들 사이의 그 중간에 내던져져 있는 반신'이라고 한다.

하지만 시인은 아버지의 일깨움과 하이데거의 견해(영향)에 그대로 따르기만 하기보다는 동서양의 철학과 사상을 섭렵하다시피 하면서 무르익은 철학적 사유를 바탕으로 자신만의 말을 찾고 빚으며 '존재의 집'을 지으려는 길을 걷는 것으로 읽힌다.

> —시인은 말을 기다리지 않는다 그가 곧 말이기 때문이다 시인은 자존을 내세우지 않는다 스스로 자존이기 때문이다 참시인은 자유와 해방을 갈구하지 않는다 그와 그의 말이 곧 자유이고 해방이기 때문이다
> —「불학시 무이언不學詩 無以言—시, 말, 시인」 부분

이 대목에 이르면, 시인은 스스로 '자존'이고, 곧 '말'이기 때문에 말을 기다리지 않는다고 밝히고 있으며, 자유와 해방을 갈구하지 않는 건 시인과 그의 말이 곧 자유이고 해방이기 때문이라는 참시인으로서의 자긍심도 내비쳐 보인다.

음악에 대해서는 「위지악 이선기인울爲之樂 以宣其湮鬱—음악」에서 그리는 바와 같이, 최고의 말은 무언이며 "오롯한 최상의 말은 수사가 없이 흐르는 음 형상, 자유

로이 유동하는 음악, 맨 처음의 순한 소리"이고 "이 소리가 즐겁게 한다"고 서술하고 있듯이, 말이 무화無化된 소리의 경지에 다다른다.

노년에 접어든 시인은 맑고 높은음에 눈물이 나는 건 "청력을 잃은 음악가는 눈물의 높이에 음자리를 그렸을까"라는 데도 생각이 미치지만, 마음을 뚫어 새로운 통로를 열어줄 최상과 최고의 음악을 동경하고 꿈꾼다.

빈 소리는 노래가 되어 바람을 타고 날아간다 의미는 없고 소리만 있는 처음의 노래는 우우우 갑갑하고 답답한 마음을 뚫어 통로를 낸다

가장 가늘고 가장 맑고 가장 높은 그는
처음부터 부드러운 눈물이었고 서늘한 바람이었다
　　─「위지악 이선기인울爲之樂 以宣其湮鬱─음악」부분

한유의 『원도原道』에 나오는 '음악은 갑갑하고 답답한 가슴을 뚫어 준다'는 말을 인유하고 제목으로 끌어오기도 한 이 시는 그 인유에 "의미는 없고 소리만 있는 처음의 노래는 우우우 갑갑하고 답답한 마음을 뚫어 통로를 낸다"는 자신의 말로 변용한다. 게다가 그런 가장 가늘고 맑고 높은 음악은 처음부터 부드러운 눈물이고 서늘한 바람이라고 그 본질에 대해서도 부연하고 있다.

장재의 『정몽』에 들어있는 '속이 충만하여 밖으로 드

러나는 것을 아름다움이라고 한다'라는 말을 인유한 제목을 단 「충내형외지위미充內形外之謂美—아름다움」도 유사한 뉘앙스로 아름다움에 대한 자신의 말을 그 말 위에 포개어 놓는다. 뉘앙스는 다소 다르지만 「곡선에 대한 회상」에서는

아침이 오자 둥근 산마루로 둥근 해가 솟았다 익은 밀 이삭의 누런 수염에 둥근 이슬이 맺혔다 둥근 배에서 나온 둥근 얼굴의 아이가 걸어가고 있었다 여름의 걸음걸이는 원형이다 둥근 부채에서 나온 둥근 바람이 대청마루를 건너갔다 직선이 곡선의 품에 안겨 있었다
—「곡선에 대한 회상」 부분

고 곡선의 완성 형태이며 정점이라고 할 수 있는 '둥긂'에 대해 거시적이면서도 미시적인 시각으로 그려 보인다. 아침의 산마루, 솟아오르는 해, 밀 이삭에 맺힌 이슬, 배(모태)와 아이 얼굴은 모두 둥근 형상으로 둥글게 어우러져 있으며, 역시 둥긂이 생동하는 이들을 품고 있다.

그래서 시인은 여름의 걸음걸이도 원형이며, 둥근 부채에서 나오는 둥근 바람이 대청마루를 지나가는 것으로 자신과 거리를 가까이 좁혀서도 들여다보며, 그 둥긂을 직선이 곡선의 품에 안긴 모습으로 묘사하고 있다.

다른 여러 편의 시도 '적수세滴水勢', '적수간滴水間', '집

자集字', '공심병空心病', '명관明觀', '스킬', '마음', '마디론' 등이 제목으로 쓰이고 있어 어리둥절하게 하는 면이 없지는 않다. 보통 사람들에게는 현학적이고 낯선 학술 용어로 비치거나 논문 제목 같아 보이고 느껴지는 어휘들이기 때문이다.

실제 '적수세'는 긴 창을 쓰는 자세의 한 가지로 물방울을 떨어뜨리는 듯이 45도 각도로 눕혀 드는 자세이며, '적수간'은 떨어지는 물방울의 사이를 뜻한다. '공심병'도 중국의 쉬카이인 교수가 제기한 신조어로 명문대학에 진학한 모범적인 대학생이 삶의 의미를 잃어버리는 증상을 일컫는다. 하지만 이 같은 제목을 붙인 시들도 그 내용은 시적으로 부드럽게 승화돼 있다.

「적수세滴水勢」는 미끄러지면서 기어오르는 꿈을 꾼 뒤 컴퓨터에서 이력서를 출력하면서 발상한 시로 보인다. "외로움이 초기화되는 순간에 서로를 못 들일 반감도 없으면서//미끄러지면서 기어오르기를 강요하는 경사면의 요구는 집요했다"고, 적수세 현상을 컴퓨터의 속성과 세상사와도 연계시켜 평등하지 않은 DNA를 가진 것으로 그려진다.

다가오지 마라
눕혀 든 창은 들리고 마침내 간구는 파열될 것이다

경사가 있어서 세상의 주소는 생기고
이쪽과 저쪽을 붙드는 응력凝力이 미끄럼판을 세운다
불평등의 DNA를 가진

   —「적수세滴水勢」부분

  '떨어지는 물방울의 사이'를 화두로 "떨어지는 물방울과 물방울 사이에 당신이 있다, 비와 비, 눈물과 눈물 사이에"로 시작되는 「적수간滴水間」은 물방울 무늬가 우주를 닮았으며, "꼬리가 있어 아름다운 허공의 궤적"이나 "목젖을 흔드는 웃음소리"로 보는가 하면, "떨어지지 못하게 누가 붙든 것이 고드름"이며, 물방울 사이가 실종된 이 관계는 "결국은 부러지는 단절"이다.
  적수간에 소가 끄는 수레가 지나가고, 새벽과 밤이 지나가며 "사람이 오고 사람이 가고 긴 전쟁과 짧은 평화, 혁명의 함성이 때마다 지나갔다"는 등의 비약적 상상력을 펼쳐내는 연작 형식의 이 시는 마지막 '6'에 이르러 물방울은 잠시 지나는 눈물 같은 생명이지만 하나여서 여럿인 물방울들이 떨어지는 사이에 오늘이 있다는 시인의 세계관과 아포리즘을 서정적인 언어로 떠올려 놓는다.

하나여서 여럿인 물방울과 물방울, 떨어지는 사이
방울방울 오늘이 있다

잠시 지나는 눈물 같은 생명이 있다

　　　　　　　　　　　　　—「적수간滴水間」 부분

　iii) 한편, 김주완의 일련의 시는 스스로 밝히고 있듯
이 '반신半神'의 경지에서 존재의 부름에 응답하듯 '언어
=존재'와 '시=존재의 집'이라는 등식을 떠올리게 하는
세계를 지향하고, 그 세계에 이르고 있다는 느낌도 안
겨준다. 「마음」에서는 겸허하게 "마음을 열고 들어가 남
의 화선지에 마음을 세운다, 묵으로 나중에 지우기 위
하여 지금은 쓴다"고 자세를 낮추면서도 "깨어야 열리
고 깨어야 닿는다"는 깨달음을 받들고 있는가 하면, 더
이상 벗을 껍질이 없어 흐르는 대로 흐르는 종심從心을
따라 끝내 혼자 가는 길을 나선다고 말하고 있다.
　이 같은 마음은 「마디론」에서는 "우주, 장단 원근이
그 속에 있"는 마디로 재면서 "잘 자라 마디 없는/당신
을 지나서 그 너머 갈 곳이 없는/나는//나를 당신에게
들여보내기 위하여 필요한/말/한 마디를//아직 찾고 있
다"는 대목과 같이 변주되고 있다.
　물론 이 마음자리에는 명경지수明鏡止水, 명관지심明
觀止心이라는 덕목과 '자기 자신을 본다'는 노자老子 철학
의 중요 개념인 '명관'이 동시에 자리잡고 있다. 시인은
「명관明觀」에서 있는 그대로의 '나'를 보며 자기를 깨트
리고 나오는 것이 깨달음이고, 봄이 봄을 깨고 나올 때

꽃이 피듯이 꽃은 봄의 명관이고 각뿔이라는 인식을 떠올려 놓는다.

앞의 시편들과는 대조적으로 보이는 이 같은 인식과 지향은 극도의 미시적인 시각으로 아주 작은 기미에 천착하는 지혜가 받쳐주고 있으며, 작고 낮은 것들을 높고 깊은 곳으로 끌어올리는 견자見者의 예지가 자리매김해 있기도 하다. 「아주 작은 소리」와 「가온다 원근법」은 그런 점에서 각별하게 주목된다.

어린 꽃나무가 앓고 있습니다 속에서 생긴 병인지 밖에서 온 병인지는 알 수가 없습니다 들판의 서쪽에서는 여전히 싹이 틉니다 동쪽에서는 쉼 없이 고요하던 나뭇잎이 자꾸 무거워집니다 여기저기 기척이 있는데 알아들을 수가 없습니다 아침이 되자 어린 꽃이 피어납니다 완연하던 병색이 많이 사라졌습니다 아주 작은 기도가 부풀어 올라 저리 터져 나온 것입니다 앓는 속도 꽉 차서 부풀면 팝콘처럼 터지는 것이지요 처음에 꽃은 모두 여자의 몸에서 태어났습니다 북쪽이었습니다 어디선가 새어 나오는데 아무도 듣지 못하는 아주 작은 소리가 있습니다 가장 먼 곳에서 출발하여 우주의 가장 낮은 곳을 떠받치는 아주 작은 소리는 구체적입니다 여자의 집 안팎에서 구석구석 꽃이 피고 꽃이 지며 생명이 살아가는 소리는 몸을 가졌습니다 붉은 마음을 가진 새가 작은 소리를 품은 채 남쪽에서 높이 날아오릅니다
　　　　　—「아주 작은 소리」 전문

나는 콘트라베이스가 되어 배경 소리를 내었지요

멀리서 보는 가온다의 자리는 눈부셨지요

(중략)

나도 어느 자리에 앉아 구석의 음표가 되었지요

너무 높이 있거나 너무 낮게 있는 친구는

스스로 거리를 두면서 자꾸 멀어지고

우리는 같은 음계끼리만 만나곤 했어요

한 번 눈 먼 새는 영원히 날지 못해요

까마득 높은 소리와 아득히 낮은 소리가 만나

몸부림치면 심포니가 되지요

멀고 가까운 건 세계가 아니라 자리였어요

눈이 내리는 으뜸음 자리는 금세 녹아 버려서

누구도 머물지 못하는 영역이었지요

새벽이면 강으로 나가

날마다 물결치는 소리를 들었어요

—「가온다 원근법」 부분

「아주 작은 소리」는 들판의 서쪽에서 싹이 트고 동쪽에서는 나뭇잎이 자꾸 무거워지는 상황에서 앓고 있는 어린 꽃나무를 들여다보면서 착상한 듯한 시다. 아침이 되자 알아들을 수도 없는 기적으로 어린 꽃나무의 연원을 알 수 없는 병색病色이 사라지고 꽃을 피우는 모습으로 바뀌어진다. 이 상황 변화는 아주 작은 기도와 어린 꽃나무의 속이 꽉 차서 부풀어 올라 터져 나오는 것으로 묘사된다.

게다가 처음에 꽃은 모두 북쪽 여자의 몸에서 태어났으며, 아무도 듣지 못하는 아주 작은 소리가 가장 먼 곳에서 출발해 우주의 가장 낮은 곳을 떠받치기 때문으로 그려진다. 이어서 여자의 집 안팎에서 꽃이 피고 지며, 생명이 살아가는 소리는 몸을 가졌다고 할 뿐 아니라 붉은 마음을 가진 새가 작은 소리를 품은 채 남쪽에서 높이 날아오르는 것으로 그려지고 있다.

서쪽에서 싹이 트고 동쪽에서는 나뭇잎이 무거워지며 북쪽에선 여자의 몸에서 꽃이 태어나고 남쪽에서 마음이 붉은 새가 몸을 가진 작은 소리를 품은 채 높이 날아오르는 상황이 암시하는 의미는 무엇일까. 더구나 생명력이 어린 꽃나무에서 여자와 새에게로 전이되고 비약하는 까닭은 '왜'일까.

동서남북을 두루 포용하고 있는 이 공간은 거시적인 시각과 미시적인 시각이 어우러져 빚는 생명의 근원과 그 불가시적인 생명력을 가시화하는 세계의 떠올림으로, 시인이 재구성해 보이는 세계라 할 수 있다. 아침을 계기로 어린 꽃나무가 작은 기도와 기도에 힘입기도 한 충만감으로 생명력을 회복(발산)하고, 아주 작은 소리로 상징되는 우주의 보이지 않는 질서와 그 힘이 생명을 잉태하는 모성母性으로서의 여자와 비상하는 새를 통해

126

가시화하는 것으로도 볼 수 있을 것 같다.

　한편 「가온다 원근법」은 높은음자리와 낮은음자리를 멀리 밀어서 보고 가까이 당겨서 보면서, 자신을 높은 음자리 보표譜表의 아래 첫째 줄에 해당하는 음音 자리에 놓고, 그 자리가 멀리서 보면 눈부시지만 "멀고 가까운 건 세계가 아니라 자리"라는 관점으로 자연과 세상을 바라보는 경우다.

　시인은 자신이 구석의 음표처럼 높은 소리와 낮은 소리가 어우러지는 교향악의 가장 낮은 소리를 내는 콘트라베이스가 되어 배경 소리를 낸다면서, 눈이 그렇듯이 "으뜸음 자리는 금세 녹아 버려서/누구도 머물지 못하는 영역"이라고 일깨운다. 세상살이에서도 "너무 높이 있거나 너무 낮게 있는 친구는/스스로 거리를 두면서 자꾸 멀어지"므로 같은 음계끼리만 만나곤 한다는 것이다.

　시인은 이같이 세상을 살아가는 자세도 배음背音처럼 다른 소리를 받쳐주는 가온다로 자리를 잡듯이 겸허하게 낮추고 있다는 사실을 "새벽이면 강으로 나가/날마다 물결치는 소리를 들었어요"라는 대목에서도 시사하고 있다. 「관觀」과 「기다리지 마라」 등 몇 편의 시는 세상살이에서의 실천 덕목들을 보여주며, 「조용한 의자」는 가톨릭 신앙이 그윽한 사유의 근저에 자리매김하고 있음을 읽게 한다.

저기 한 개인이 죽지 못해 아프다 절망은 영원으로 가는 문일 뿐
한 개인은 죽어도 절망은 살아서 남는다 영혼은 죽을 수도 없어서 다
른 개별자에게로 옮겨 붙는 어둡고 숨겨진 육체의 가시

말씀이 믿음이고 믿음은 관계이니

33세의 그분은 안식일 전날에 책형을 당하고 안식일 다음 날에 부
활하셨다 아버지도 나도 이미 그 나이 너머를 걷고 있었다

고통과 불안의 먼 밤을 건너와

속죄의 저편에서 절망으로 앉아 있는 의자는 빛 속에 여전히 조용
한 의자로 육중하다 절망은 죽음에 이르지만 절망은 죽음에 이르지
않고 용서와 구원의 빛깔은 정적이고 침묵이니
　　　　　　　　　　　　　　—「조용한 의자」 부분

　　이 시는 실존주의 창시자로 알려진 키에르케고르의
『죽음에 이르는 병』 서문의 첫 문장(성서의 요한복음 11장 4
절)인 "병은 죽음에 이르지 않는다"는 인유를 통해 "의자
는 절망에 이르지 않는다"고 패러디하면서 예수의 부활
復活을 우러르며 속죄贖罪의식을 반추한다.
　　시인은 죽지 못해 아프며, 죽어도 살아남는 절망은
영원으로 가는 문이고, 죽을 수도 없는 영혼은 어둡고

숨겨진 육체의 가시라는 믿음을 암시하면서 "말씀이 믿음이고 믿음은 관계"라는 경구驚句를 빚어 보인다. 나아가 서른세 살에 죽어 부활한 예수의 나이를 넘기고 살면서 속죄의 저편에서 절망으로 빛 속에 조용히 앉아 있는 의자를 통해 그 정적과 침묵에서 용서와 구원의 빛깔을 바라보며 새기고 있다.

시인의 이 같은 마음자리는 "한가운데가 허전하여 당신은 중심을 비워두고/주변이 너무 가벼워 나는 중심으로 다가갑니다/상승하는 물의 길을 거슬러/아래로 내려갑니다/나는 당신이 든든합니다"(『여백을 앓히다』)라는 고백도 낳게 하는 것 같다.

iv) 일상 속의 시인은 아침마다 가보지 않은 길을 간다. 처음 보는 풍경에 설렌다. 그 길은 시종일관 썻고 썻어 정갈해진다. 비 오고 바람 불면 그리움이 피어나지만 "내 속의 너는 네 속의 나"였으며, "가장 작은 도토리로 떨어지기 위하여 나뭇잎은 돋아"난다는 깨달음에 이른다. 시 「비와 바람의 행장」은 그런 일상을 오롯이 떠올려 보인다. 비 그치고 바람 부는 날은 '내 속의 너'(네 속의 나)의 영혼 같은 깃털 한 잎 날아올라 "허공의/높은 길을 증거"해 주기도 한다.

저기 어디쯤

나를 낳은 어머니가 있다

자정 넘은 눈길이 있다

첫사랑이 있다

꼭 거기가 아니라도

저기 어디쯤이라고 뒷날의 기억은 복원하고 있다

—「저기 어디쯤」부분

　그래서 시인을 이 같은 생각도 하게 된 것일까. "나비는 낮게 난다//땅바닥 가까이에 꽃이 있어서//물결처럼 가볍게 나풀나풀 난다//가장 낮은 곳에서 우주를 지고 있는//저 홀가분함"(「나비」)이라고 날고 있는 나비를 부럽게 바라보는가 하면, 가벼워지지 않는 일상적 현실을 들여다보면서 나뭇가지를 잘라내는 장면을 불러들여 가지들을 치고 난 뒤 나뭇잎들이 다시 새롭게 무성하고 큰길도 열리기를 바라게 되는지도 모른다.

　하나씩 가지를 자른다 아우성처럼 벋어 세상으로 난 길을 하나씩 닫는다 (중략) 가볍고 작아야 건너갈 수 있으므로 절로 줄어드는 몸집을 더 줄이기 위하여 팔도 자르고 다리도 자른다 한때의 우정을 붙들고 있는 전화번호를 차단하고 수첩을 찢었다 문을 닫는 일은 내일을 여는 일, 상처 난 자리를 뚫고 너로 나설 나의 길을 낸다 계절을 가리지 않고 나는 가고 시간을 서슴치 않고 너는 나로 온다 뒤가 있어

앞이 된다 무성하고 큰 길이 열린다

—「전지剪枝」 부분

그러나 길을 걸으며 길을 잃어버릴 때도 없지 않게 마련이다. "잃어버린 길을 찾아 길에서 길로 떠돌다가/밤 깊어 지친 세상 끝에서 돌아"(「눈 내리는 겨울밤에 월오교를 걸었다」)온다, 하지만 "다시 월오교를 걷는/훗날의 무채색의 풍경화에는/속절없이 내리면서 끝까지 녹지 않는 눈이/거기 그렇게 여전히 하얗게 쌓이고 있었다"(같은 시)고 큰 눈이 내리던 어느 날 길을 잃었던 '달마을'을 떠올리며 회상만 하는 게 아니라 미래를 과거화해서 바라보기도 했을 것이다.

얼음 얼면 얼음 아래로 흘러오는 물살에

한사코 몸을 줄여 생존했다

마음은 대낮처럼 맑아 자꾸 높은 곳을 향했다

떠나온 수평선으로 돌아가지 못한 채

빙하기의 새벽에 실종된 꽃씨 하나

개화의 자취는 어디서도 찾을 수가 없었다

—「빙어」 부분

그러나 사람은 살아있는 한 끊임없이 잃어버렸던 길도 찾아 나서고, 가보지 않은 길도 가 봐야 한다. 빙어의 생존 방식을 그린 이 시가 시사하는 바는 어떤 상황에서도 길을 가야 하는 숙명을 "마음은 대낮처럼 맑아 자꾸 높은 곳"을 지향하는 것에 비유하면서 설령 실종된 꽃씨 하나가 피운 꽃을 어디에서도 찾을 수 없을지라도 갈 수밖에 없다고 그리고 있는 게 아닐까.

어느 실존철학자는 인간은 '내던져진 존재'라고 했지만, 시인은 「만남」에서 "너를 만나러 이 세상에 왔"지만 "우리는 사다리의 양 끝에 있"다고도 한다. 그러면서도 이 세상에 오기 전부터 '끈'으로 연결되어 있었고, 살아서 반짝이는 '눈부처'(눈동자에 비치어 나타난 사람의 형상)가 되고 싶어지며, '너'의 허공을 맴도는 배회徘徊도 '향기로운 음악'이라고 그리는 것으로 읽힌다.

이 세상에 오기 전부터

거기 가면 있다는 것을 안 그때로부터

우리는 이미 앞질러 만난 것이네

그러나 가끔은 우리도

서로의 길을 먼 바다처럼 바라보며

꽃무늬가 앉은 카페라떼를 마실 수 있다면

가슴 저리게 좋을 것이네

목화 꽃 속에 묻혀 목화가 되고 싶었네

옹달샘 속으로 들어가

살아서 반짝이는 눈부처가 되고 싶었네

허공을 맴도는 너의 부드러운 배회는

향기로운 음악이었네

─「만남」부분

한편, 「잉아」에서는 베틀의 날실을 엇바꾸어 끌어올리도록 맨 굵은 실에 마음눈을 가져가면서 '나'와 '너' 사이를 "나는 덜컥덜컥 숨 막히며/긴 그리움을 들어 올리고/하루가 매끄러운 너는 천리 밖에서/반짝이는 실오리를 찾아 넘나든다"고 그리면서도 그 관계가 먼 거리를 잇는 햇볕 가리게 장막이 되어도(불가능할지라도) 서로를 향해 "근원으로 회귀하는 자기 사랑"(성긴 사랑)이라고 노래한다.

우리가 직조한 성긴 사랑이

바다를 건너 대륙을 잇는 차일遮日이 되어도

나는 나를 향하여

너는 너를 향하여

아, 근원으로 회귀하는 자기 사랑이여

─「잉아」부분

시인의 이 같은 '자기 사랑'은 「나무뱀」에서의 "그가 본 희망이 그로 하여금 날게 한다 양력은 희망의 다른 이름이다 맨 처음 땅을 떠나 나무에 오를 때부터 그가

본 것은 미래이다 비행이다"라는 구절들과 연계해 읽어
도 좋을 듯하다. 하지만 개별자個別者로서의 인간은 결
국 홀로일 따름이다. 시인은 "외로운 것들의 태생과 종
말은/끝내 남남이"고 "물이 되어도 외로운/각각의 나와
나"(「물」)라고 냉철하게 성찰하고 있으며, 그 무상감과
허무를 절규하듯 다음과 같이 쏟아놓는 게 아닐는지.

> 삶이 삶을 지우고, 죽음이 죽음을 지운다
> 열심히 거두고 채우면서 살아도
> 산다는 것은 짐짓 지우는 일
> 하루하루
> 나는 나를 지우고
> 당신은 당신을 지운다
> 가시는 가시를 지우면서 가시가 된다
> ─「지우기」 부분

　v) 시인은 "산다는 것은 짐짓 지우는 길"일지라도 사
람들과 더불어 살아가는 세상을 어둡게만 보지는 않는
다. 비록 "오는 줄도 모르고 왔다가/가는 줄도 모르고
가는"(「고맙습니다」) '오늘'(날들)이지만, 우러르고 사랑하
고 가까이 교유交遊하는 사람들도 있기 때문이 아닐까.
더구나 그들은 "춤추는 하늘이었고/손닿을 듯 멀리 나
는 바다" 같고 "천사였고 바보"(「이제부터 자유다」) 같은 경

우도 있고, 그런 사람들과는 여전히 더불어 "내가, 내가 아니어도 되는 자유"(같은 시)를 누릴 수도 있어서인지도 모른다.

　시인은 철학도 시절의 은사인 철학자 허유 하기락 (1912~1997) 교수의 동지인 아나키스트 김성국을 노래하며 "사람을 사랑하여 사름하는 사람이 있었다/바닷가에서 바다를 보며 바다가 되고 싶었던 사람/해적처럼 붉고 더운 피를 가진 자유의 수행자"(「아나키스트 김성국 교수」)라고 그리고 있다.

　하기락 교수의 아나키스트 자유주의에 깊은 관심을 가지며, 저서 『잡종 사회와 그 친구들─아나키스트 자유주의 문명 전환론』으로도 저명한 이론사회학자 김성국 교수에 대해서는

> 잡종을 사랑하는 사람이 있었다
> 저쪽과 이쪽을 모두 친구로 삼고 싶어
> 너도 자유, 나도 자유였던 처음
> 떠나온 곳을 돌아보는 사람이 있었다
> (중략)
> 마침내 소리가 되어 먼 들판을 가로질러
> 눈물겹게 다가오는 것은 모두가 잡종이었다
> 세계의 빛이 모이는 남쪽 바닷가
> 잡종을 사랑하며 살아가는 사람이 있었다
> 　　　　　　─「아나키스트 김성국 교수」 부분

고 그린다. 남쪽 바닷가인 부산에서 활동하는 그가 한국 사회의 사상적, 이론적, 이념적 획일성과 협애성狹隘性을 극복하고 다원화하는데 아바지한 독창적 연구로 우리 사회의 상충되는 입장들 사이의 의사소통과 중재자로서 절충의 방법을 탁월하게 제시한 데 대해 깊이 공감하고 존경심도 우러나기 때문이기도 할 것이다.

　사금파리같이 재주가 능한 사람들은 떼를 지어 먼 곳으로 흘러가서 돌아오지 않았다 몸을 맑게 하면서 근곡이 끝까지 남았다 바쁘지 않게 게으르지 않게 시를 모셨다 천천히 삼가며 달 띄운 강의 문장을 가꾸었다 망우초 같은 시의 꽃이 지천으로 피었다 (중략) 날이 갈수록 시에서 광채가 났다 이름이 눈부셨다

　　—「산수몽山水蒙」 부분

　하늘 아래 하늘이 되는데

　하늘수박 익는 천봉산

　후한 자락의 근곡 선생이

　다함 없이 높은 고을

　상주尙州를 꺼내 닦는 새벽

　은척동학교당의 교인들은 줄지어 길 나서고

　북천에는 감꽃 떨어진다

　　　—「근곡 선생의 달빛 조상彫像」 부분

대의大義에는 거침이 없으니

쓰는 대로 시가 되고

생각하는 대로 설산의 정상이 되는

눈빛 형형한 시인이 역사役事를 했다

(중략)

숨 찰 줄 모르는 시선詩仙은 줄기차게

붉은 남방으로 먼 길을 내고 있었다

길을 내는 일은 우주를 여는 일

그가 옳았다

―「박찬선 선생」부분

　이 세 편의 시는 평소 가깝게 교유하는 선배 시인 박찬선(호 근곡)을 주제로 한 시편들이다. 「산수몽山水蒙」은 박찬선 시인을 주역周易의 64괘 중 네 번째인 몽괘의 괘상인 '산수몽'을 염두에 두고 쓴 시로, 재주가 능한 사람들은 모두 고향을 떠나도 몸을 맑게 하며 끝까지 남은 그는 유유자적 삼가며 "달 띄운 강의 문장"을 가꾸어 "망우초 같은 시의 꽃이 지천으로 피게 해 갈수록 시와 이름이 광채 나고 눈부시다고 칭송한다.

　「근곡 선생의 달빛 조상彫像」은 천봉산 후한 자락에서 한결같이 상주를 빛내며 이 고장을 주제로 시를 쓰는 그를 그리고 있으며, 「박찬선 선생」은 낙동강문학관을 건립

하고 꾸려 나가는 그의 대의와 역사, 형형한 눈빛으로 줄 기차게 시를 빚는 걸 "붉은 남방으로 먼 길"을 내고 옳게 "우주를 여는 일"을 한다고까지 예찬하고 있다.

철학자 장윤수 박사를 물가에서도 목마른 나무라며 "강심의 저 많은 눈물/다른 곳을 바라보며 흐른다"고 노래한 「물가의 나무」, 칠곡문화원 이형수 원장 취임에 부쳐 쓴 「물가에 마을이 있습니다」도 신뢰와 기대감을 보태고 있는 유사한 무늬의 빛깔의 시다.

시인은 조상이나 가족에 대한 이야기도 친근감 있게 떠올린다. 「치명致命」은 칠대 조부의 휘자諱字를 제목으로 그의 생애를 그린 시로 "해마다 조팝꽃은 필 때마다 치명적이다/해마다 조팝꽃은 질 때마다 치명적이다"라고 회화화戱畵化하는가 하면, 같은 마을 출신인 할머니와 어머니의 택호가 홈실댁, 명곡樮谷댁으로 다르지만 한글과 한자어로 부를 뿐

같은 마을에서 먼저 태어나고 뒤에 태어난
할머니와 어머니가 앞서거니 뒤서거니
우리 집으로 시집을 와서
4대 독자 아버지를 붙들고 가문을 일으켰는데

(중략)

태어나고 자란 집을 떠나

138

같은 집으로 옮겨 와서 얻은

서로 다른 이름이다

　　　　　—「택호宅號」 부분

라면서 "다 살고 나면 가는/저쪽 집에서의 이름도 같으
면서 다를 것"이라고 가문家門을 일으킨 두 분 생각을
다소 회화적으로 그려 보인다. 어린 시절 내방가사를
필사하던 어머니가 자신에게 '목자스럽다'고 하던 말이
못난 얼굴을 놀리는 말인지 대견해하는 말인지 헷갈려
도 기분은 나쁘지 않았다며 칠십에 겨우 그 뜻을 알게
됐다는 「목자스럽다」도 현학적인 시인의 성향도 비치기
도 해, 읽는 재미를 한결 돋궈 준다.

　코가 낮고 얼굴이 검고 납작한 돌 같아서 그랬는지 모
르지만, 성직자(목자) 모습으로 보아서 그럴 리가 없고, 장
차 이씨(이李자를 파자하면 목자木子) 성을 가진 이가 임금이
된다는 뜻이 담긴 고려 말 동요 '목자득국木子得國'은 전하
지도 않아 그런 대의를 보았을 리 만무기 때문에 '못난 사
람'의 사투리거나 '모과'의 다른 말일 수도 있어 기분 나쁘
지 않은 느낌의 처음이 옳았다는 것이다.

　이 시집의 맨 마지막에 실린 시가 「고맙습니다」이다.
요즘 심경을 진솔하게 보여주는 듯한 이 시는 사랑을
바탕으로 감사와 용서와 화해로 나아가는 관용의 메시
지들을 아름답게 빚어 보여 그윽한 여운餘韻을 안겨 준

디. 감사의 마음은 와서 가는 인생에 대해, 부모와 가족들에게, 마지막까지 고운 마음을 베푸는 사람들에게, 낮게 마음 비움으로써 복을 받았다는 데로 스미고 번지며, 자신 때문에 아프고 슬프거나 손해 본 사람들에게도 용서를 비는 마음이 곡진하게 쟁여져 있다.

오는 줄도 모르고 왔다가
가는 줄도 모르고 가는
오늘 나는 고맙습니다
나를 세상으로 보내주신 어머니, 아버지
고맙습니다
내 손을 잡고 일으켜 주신 할머니, 누님 고맙습니다

모든 것을 두고 갈 수 있어서
나는 복을 받았습니다
임종을 하듯 나의 저녁을 살펴준 마음씨
고운 사람에게 감사합니다

미안합니다
나로 인해 아프고 슬펐던 사람들
나 때문에 손해를 본 사람들에게 미안합니다
　　　　　　　　　―「고맙습니다」 전문

김주완 시인

1949년 경북 왜관에서 태어나 구상 시인 추천으로 1984년 《현대시학》으로 등단했다. 경북대 철학과를 졸업하고 계명대 대학원에서 철학박사(서양예술철학전공) 학위를 받았다. 시집 『구름꽃』(1986), 『어머니』(1988), 『엘리베이터 안의 20초』(1994), 『오르는 길이 내리는 길이다』(2013), 『그늘의 정체』(2014), 『주역 서문을 읽다』(2016)를 냈으며 시집 『그늘의 정체』로 세종도서 문학나눔(2015)에 선정됐다. 카툰에세이집 『짧으면서도 긴 사랑 이야기』(2004), 저서 『미와 예술』(1994), 『아름다움의 가치와 시의 철학』(1998) 외 다수를 냈으며, 논문 「시와 언어」(1994), 「문인수의 시 '간통'에 대한 미학적·가치론적 고찰」(1997), 「하기락과 자유」(1998), 「예술창작의 존재론적 본질」(2005), 「시의 정신치료적 기능에 대한 철학적 정초」(2006), 「시낭송에 대한 철학적 해명과 시낭송 치료의 가능성 모색」(2019), 「구상 강문학의 존재론적 본질」(2022) 외 다수가 있다. 제54회 한국문학상, 제31회 경상북도문학상, 제18회 경북예술대상을 수상했다. 한국문협 이사, 경북문협 회장과 대구한의대 교수로 총장 직무대리, 대학원장, 교육대학원장, 국학대학장, 교무처장, 기획처장, 행정처장 등과 대구교육대 겸임교수, 대한철학회장, 한국동서철학회장, 새한철학회장 등을 지냈으며, 운제철학상 운영위원장으로 활동하고 있다.

sophia1949@hanmail.net

https://sophia1949.tistory.com

선천적 갈증
김주완 시집

발행일
초판 1쇄   2023년 10월 16일

지은이   ● 김주완
펴낸이   ● 김종해
펴낸곳   ● 문학세계사
출판등록   ● 1979. 5. 16. 제21-108호

주소   ● 서울시 마포구 신수로 59-1(04087)
대표전화   ● 02-702-1800
팩스   ● 02-702-0084
이메일   ● munse_books@naver.com
홈페이지   ● www.msp21.co.kr

ISBN 979-11-93001-30-1   03810